TONI, das Heimkind

Bernardo Schramm

TONI, das Heimkind

Tatsachenbericht in Romanform

Mutter, ach Mutter, wo bist du?

Bibliografische Information der Deutschen Nationalbibliothek
Die Deutsche Nationalbibliothek verzeichnet diese Publikation in der
Deutschen Nationalbibliografie; detaillierte bibliografische Daten sind
im Internet über http://dnb.dnb.de abrufbar.

© 2014 Bernardo Schramm
Satz, Umschlaggestaltung, Herstellung und Verlag:
BoD – Books on Demand
ISBN 978-3-8482-3436-3

Zwei Männer sitzen vor einem Café in den Planken im Zentrum Mannheims. Es weht ein laues Lüftchen, das den Sonnenstrahlen des frühen Nachmittags die Hitze nimmt, unter der die Menschen ächzen. Es ist Hochsommer! Der Wetterbericht hatte einen überaus heißen Tag vorausgesagt und damit wieder einmal richtig gelegen. Jeder, der einen schattigen Sitzplatz ergattern konnte, hat die Gelegenheit genutzt und erfrischt sich nun bei einem Eis oder einem kalten Getränk. Ganz Hartgesottene erfrischen sich bei einer Tasse Kaffee. Auch die beiden Männer haben es sich bei einem Kaffee gemütlich gemacht. Zurückgelehnt sitzen sie unter einem ausladenden aufgespannten Sonnenschirm und unterhalten sich angeregt. Da die Sitzgelegenheiten des kleinen Platzes wegen recht eng beieinander stehen, hören auch die Besucher an den umstehenden Tischen ungewollt dem Gespräch zu. Daher sind die beiden von Zeit zu Zeit den neugierigen Blicken ihrer Nachbarn ausgesetzt. Zudem fällt auch das Augenmerk auf die beiden Männer, da mitten auf dem Tisch ein Aufzeichnungsgerät steht. Der jüngere von ihnen versteckt seine Augen hinter einer windschnittigen, recht dunklen Brille mit weißem Gestell, ganz der Mode der Zeit entsprechend. Es fällt auf, dass dieser Mensch ein ausladendes Kreuz und kräftige Arme hat, die auch zupacken können. Seine Stimme ist fest und tief, fast wohltuend zu nennen. Da er immer mit einer langärmligen, jedoch dünnen Jacke bekleidet ist, nimmt nur der genau Hinschauende die Verdickungen an den Armen dieses Mannes wahr. Es sind unter der Haut eingesetzte Shunts. Sie dienen dem Anschluss an das Dialysegerät, an das er jeden zweiten Tag angeschlossen werden muss. Der ihm gegenübersitzende Mann ist sichtlich älteren Jahrganges, was leicht an dem grauen Kopfhaar zu erkennen ist. Letzterer redet weniger, hört dafür jedoch gespannt den Worten seines Gegenübers zu. Alle zehn Minuten etwa wird ihre Unterhaltung durch die vor ihnen vorbeifahrende Straßenbahn der Linie 2 oder 6 unterbrochen. Als hätten sich beide abgesprochen, nutzen sie die Störung und nehmen wie auf Kommando einen Schluck aus den vor ihnen auf dem kleinen Tisch stehenden Kaffeetassen. Keiner der anderen Gäste des Kaffeehauses ahnt, dass dieses Gespräch zwischen diesen beiden Männern die Geburtsstunde eines Buches sein wird, an dem sich viele Leser noch aufreiben werden. Der jüngere der beiden Cafébesucher erzählt eine haarsträubende Lebensgeschichte, die bis zu diesem Tage sein eigenes belastendes Geheimnis war. Davor hatte er nicht die Kraft gehabt, darüber mit jemandem zu sprechen. Wortkarg hatte er es über all die Jahre mit sich durchs Leben geschleppt. Doch zu dem mit ihm am Tisch sitzenden älteren Mann hatte er Vertrauen gefasst. Dieser war ein Mensch, der sich nicht überheblich zeigte, sondern verständnisvoll mit den Mitmenschen umging. Vor allen Dingen mit denen, die nicht auf der Sonnenseite des Lebens geboren waren. Wohl weil er eine gewisse Lebenserfahrung besaß. So etwas spürt man am Verhalten eines Menschen. Auch er hatte in seinem Leben so manches gesehen und verdauen müssen. Ihm gegenüber wollte der jüngere Mann am Tisch alle Einzelheiten einer dunklen Vergangenheit preisgeben. All die bösen Erfahrungen, Ängste und Schmerzen, die sein Leben zu einem Albtraum gemacht hatten. Das also war der Grund, warum sich beide hier in diesem Straßencafé getroffen hatten.

Wenn wir in den heutigen Tagen die Zeitungen und Boulevardblätter öffnen, dann können wir von haarsträubenden Geschichten aus Irrenanstalten, Altersheimen, Erziehungsheimen, Schulen, Kindergärten, aber ganz besonders aus Waisenhäusern hören. Horrorgeschichten wie aus einem bösen Film. Auch von den Radio- und Fernsehanstalten wird man in den Nachrichtensendungen hiervon mehr oder weniger unterrichtet. Meist nur als eine Art Randnotiz. Eher oberflächlich! Selten jedoch sind diese Mitteilungen umfangreicher. Aber es gibt sie, diese Enthüllungen. Das war nicht immer so! Früher vernahm man von solchen Dingen noch weniger, wenn überhaupt. Schweigen, nur Schweigen! Niemand klagte! Wehe dem, der auch nur daran dachte, ein Sterbenswörtchen darüber zu verlieren. Es ist noch nicht allzu lange her, dass diese abscheulichen Dinge an die Öffentlichkeit gelangten. Warum geschah dies eigentlich nicht schon früher? Wo blieb das schützende Eingreifen der bürgerlichen Gesellschaft, vertreten durch den Staatsapparat? Wo blieb die Courage der Journalisten, darüber offen zu berichten? Niemand traute sich, den Finger in die Wunde zu legen! Dazu waren die Opfer zu uninteressant, die Täter zu geachtet. Sogar die Opfer selbst trauten sich nicht, den Mund aufzumachen. Zu groß war die Angst vor den Peinigern und den Ewiggestrigen der Gesellschaft. Die, die dem Spuk hätten ein Ende machen können, schauten weg. Wie durch eine überdimensionale Käseglocke schienen diese Einrichtungen vor den Einblicken der Außenwelt abgeschirmt und geschützt zu sein. Einfach weggesperrt und ignoriert. Die Angstschreie und die Tränen der darin befindlichen Menschen drangen nicht durch die grauen, dicken Mauern dieser Zuchtanstalten. Schmerz und Leid konnten diese nicht durchdringen. Niemand da draußen vernahm, oder wollte es vernehmen, das Wehklagen dieser gequälten Menschen, ganz besonders aber der Kinder. Sie waren ihren Peinigern auf Gedeih und Verderb ausgeliefert. Bei den Erziehungsmethoden früherer Generationen wäre es ohnehin undenkbar gewesen, die Verantwortlichen zu denunzieren. Je strenger die Erziehung, desto besser. So galt es damals. Es ist nicht allzu lange her, da schlug der Lehrer einer sogenannt normalen, also einer öffentlichen Schule den ihm anvertrauten Kindern mit dem Rohrstock auf die Finger oder auf das Gesäß. Ja, gar der die Liebe zum Nächsten preisende Geistliche tat es, ohne dabei Gewissensbisse zu verspüren. Kein Vater, keine Mutter begehrte dagegen auf. Dies, wohlbemerkt, war die gängige Praxis an einer sogenannten normalen, vom Staat geführten Schule. Also, kaum vorzustellen, wie es da in einem Erziehungsheim oder aber in einem Waisenhaus zuging. Aus der Ferne höre ich jetzt das immer lauter werdende Grollen derer, die dem Vorwurf keinen Glauben schenken. Für sie gab und gibt es an diesen Dingen nichts zu bemängeln. In ihren Augen konnte man auf humane Art mit diesem Abschaum nicht fertig werden. Diese sich aufopfernden, nur für die Liebe zum Nächsten wirkenden Heiligen so ungerecht zu beurteilen, das geht nun doch zu weit! Wie bereits erwähnt, handelte es sich bei den Verfehlten nicht nur um Angehörige des Klerus. Aber von einem Priester, einer Nonne oder einem Ordensbruder erwarte ich ein wesentlich größeres Mitgefühl als von einem Normalsterblichen. Nicht allen erging es so hart, doch vielen, sehr vielen. Gebrochene Menschen hatte man aus ihnen gemacht. Alleine schon die Tatsache des Verlustes der Familie war ein Elend. Aber dafür auch noch bestraft zu werden, das war dann doch noch mehr als gemein und niederträchtig. Dies aber hat sich nun im Laufe der letzten Jahre ein wenig geändert. Jedoch nur ein wenig. Ein Teil, wenn auch nur ein kleiner Teil, der Gesellschaft hat endlich den Kadavergehorsam früherer Zeiten abgelegt. Sie zeigt keine beziehungsweise weniger Angst als gewohnt vor kirchlicher und staatlicher Autorität. Zum Glück vieler Opfer, deren Namen und deren Leiden unbekannt geblieben wären, die jetzt jedoch auf ihre seelische Verstümmelung hinweisen können. Durch die Vielzahl der verschiedenen Medien stehen diesen heute doch ungeahnte Möglichkeiten zur Verfügung, das ihnen angetane Unrecht in die Welt hinauszuschreien. Endlich! Endlich können sie die Außenwelt auf all die an ihnen begangenen Unregelmäßigkeiten aufmerksam machen! Endlich haben auch sie eine Möglichkeit, nicht nur ihre Verletzungen an Leib und Seele zur Schau zu stellen, sondern darüber hinaus Gerechtigkeit für ihnen angetanes Unrecht zu fordern. Dabei kann das Internet ihnen hervorragende Dienste leisten. Auch verliert dadurch die autoritäre Welt ein ganzes Stück ihrer magischen Kraft. Die geheime Kraft dieser Übermenschen, die sich hinter der Masse des Volkes verbergen. Die Sage der Guten auf der einen und der Bösen auf der anderen Seite, diese

Magie verliert ihre Macht. Es kommt langsam Licht ins Dunkel. Auf einmal scheinen die Guten gar nicht mehr so gut zu sein! Aber Vorsicht! Auch die Freiheit des Internets scheint nicht lange Bestand zu haben. Angesichts zu vieler unangenehmer Enthüllungen geht das Bestreben dahin, gewisse Nachrichten zu verbieten oder aber den Kritikern mit drakonischen Strafen zu Leibe zu rücken. Da wird auf einmal aus dem Kläger ein Angeklagter. Der Verdacht der üblen Nachrede, der Verleumdung, der Beleidigung oder gar der Gotteslästerung wird geäußert und ins Feld geführt. Letzteres Argument erweckt böse Vorahnungen. Ganz besonders in unserer sogenannten abendländischen, christlich geprägten Gesellschaft. Die Erinnerungen an den Geruch von brennenden Scheiterhaufen werden wieder lebendig. Wie soll sich ein diesem Vorwurf ausgesetzter Mensch wohl in seiner Haut und gerecht behandelt fühlen, wenn er im Gerichtssaal steht und über seinen Richtern ein Kruzifix an der Wand hängen sieht? Es muss ihm zwangsläufig so vorkommen, als stünden nicht nur seine Peiniger gegen ihn, sondern auch der liebe Gott, vertreten durch den gekreuzigten Jesus von Nazareth. Noch ist es nicht gar so weit, unbeschwert auf das Handeln dieser Kriminellen hinzuweisen, wie man sehen kann. Daher sollten gerade jetzt die gebotenen Möglichkeiten genutzt werden. Leider gibt es aber immer noch zu viele Mitmenschen, die nicht hinschauen wollen, obwohl es zu ihrem bürgerlichen Recht, aber auch ihrer Pflicht gehört. Auch die Politiker halten sich still im Hintergrund. Das ist ein Fall von unterlassener Hilfeleistung und somit strafbar! Wer ein Verbrechen deckt, macht sich mitschuldig in jeglicher Beziehung. Wegschauen ist feige und eines zivilisierten Menschen unwürdig! Leider erregen gequälte Tiere mehr Aufsehen als gequälte Kinder und Alte. Womit nie und nimmer die Qual eines Lebewesens gutgeheißen werden darf. Ob Mensch oder Tier! Aber elternlose Kinder und alleinstehende Senioren haben eben keine so starke Lobby wie Naturverbände und Tierschutzvereine. Mit Sicherheit auch aus Angst, wegen erwarteter Probleme sowohl im öffentlichen als auch im privaten Bereich, wird geschwiegen. Ist man einmal in die Fänge dieser Ewiggestrigen geraten, dann steht man bald vor dem Kadi. Hat man dann auch noch das Pech, als Schuldiggesprochener den Gerichtssaal zu verlassen, weil die Beweislast, die man anführt, als nicht ausreichend angesehen wird, so ist der Weg in den gesellschaftlichen Abgrund vorgezeichnet. Verlust des Ansehens. Verlust des Broterwerbes. Verlust von Hab und Gut. Eheprobleme. Verlust des Familienlebens und so weiter und so weiter. Der amerikanische Spielfilm »The Brotherhood of Bells« zeigt dies sehr eindrucksvoll. Die Vorstellung der Palette von Strafmaßnahmen ist weitreichend. Weitreichender, als man denken kann. Nicht nur im Film, auch im wahren Leben! Letzten Endes dann der Absturz in das Pennerdasein. Am Ende gar ohne Daseinsberechtigung. Ein Staatenloser! Ein Herumtreiber, der ständig in Gefahr lebt, wegen Landfriedensbruch eingesperrt zu werden. Ein Niemand! Schwer zu glauben und doch wahr. Kein Wunder auch, denn immerhin stört jeder Aufmüpfige die gesellschaftliche Ruhe und Ordnung. Für die Mächtigen ein Ärgernis, mitunter ein Stachel, der wehtut. Doch die Zahl derer, die die

Augen nicht verschließen, die Zahl der Mutigen mehrt sich von Tag zu Tag. Das ist gut so. Doch ist es noch nicht ausreichend genug. Diese Dinge benötigen mehr Aufmerksamkeit und mehr Durchsetzungswillen. Hier geht es um die Achtung vor dem Menschen, auch wenn es sich, wie in diesem Falle, »nur« um Kinder handelt. Wir regen uns über diese Zustände auf, doch bald haben unsere eigenen, mannigfaltigen Alltagssorgen die Gedanken über das Gehörte wieder auf andere Wege gebracht. Leider! Zu kurzlebig ist unsere Zeit geworden. Zu groß sind die globalen Probleme und damit die Schwemme der Notizen. Was daher heute wichtig erscheint, gerät morgen schon in Vergessenheit! Bis dann wieder ein neuer Fall aufgedeckt wird und irgendjemand darauf zu sprechen kommt. Neue Enthüllungen, die die alten Missstände in unsere Erinnerungen zurückrufen. Wieder geht ein Aufschrei durch die Medienwelt. Erwachsene Menschen vergreifen sich schon wieder, oder immer noch, in vielfältiger Weise an den ihnen zum Schutz unterstellten hilflosen Kindern und gebrechlichen alten Menschen. Diese sind ihnen hoffnungslos ausgeliefert. Besonders tragisch ist es, wenn es sich bei den Opfern um Kinder handelt. Da die meisten dieser genannten jungen Opfer in Waisenhäusern und Erziehungsheimen leben und keine Angehörigen haben, sind sie für ihre Tätern ein gefundenes Fressen. An diesen armen Würmern können sie gefahrlos ihre dreckige Fantasie oder ihren Frust und die Unzufriedenheit über ihr eigenes verkorkstes Leben auslassen. Doch hat dieser Eingriff in das Werden eines Kindes zum Jugendlichen und letztendlich zum Erwachsenen einen entscheidenden Einfluss. Das kann zu einem fatalen Ende führen! Gerade in den von der Kirche unterhaltenen Heimen besteht doch für krankhafte Kinderschänder keinerlei Gefahr, für ihr Tun tatsächlich zur Verantwortung gezogen zu werden, um solche Dinge in der Zukunft zu verhindern. Zu mächtig ist diese Einrichtung, die sich immer mit dem Schleier der Barmherzigkeit umgibt. Es kommt ein immenser Mangel an Selbstkritik hinzu. Wer in seinem Handeln keine Fehler entdeckt, wird keinerlei Grund sehen, sein bisheriges Tun zu ändern. Anhand der vielen Gräueltaten, die in der letzten Zeit aufgedeckt werden, zeigt sich, dass doch die für den Schutz dieser Kinder zuständigen Ämter und Einrichtungen herzlich wenig unternehmen, um solches zu verhindern. Womöglich sind sie einfach überlastet, oder aber froh, die Verantwortung abschieben zu können. Nur so ist zu erklären, warum diese Fälle so mannigfaltig sind und nur von wenigen, doch sehr mutigen Menschen publik gemacht werden. Die Kirche und die die Gesellschaft Dominierenden greifen sich helfend unter die Arme, um die sogenannte abendländische Kultur zu erhalten. Eine Kultur, die auf Elend und Leid geschaffen wurde, um einer Minderheit ein Leben im Paradies zu ermöglichen. Ob diese das Dasein im Paradies wirklich verdient hat, kann möglich sein, muss aber nicht unbedingt mit Ja beantwortet werden. Niemand will sich das paradiesisch anmutende heilige Nest verschmutzen lassen. Schon gar nicht aufgrund einiger nichtsnutziger Bälger!! Es dauert jedoch nicht lange, dann, so scheint es, wird ihnen, diesen Denunzianten, ein Maulkorb verpasst. Man redet von irgendwelchen Wiedergutmachungszahlungen den

Opfern gegenüber, doch wer kontrolliert diese Zahlungen? Ob sie denn wirklich durchgeführt werden, ist ebenfalls fraglich. Zudem sind diese Wiedergutmachungen lächerlich gering, in Anbetracht der physischen und psychischen Verletzungen, mit denen diese Menschen fortan belastet durchs Leben gehen. Einer Erklärung nach wollen beide großen Religionsgemeinschaften bis zu 5000 Euro pro geschädigte Person auszahlen, wie man in den Zeitungen lesen kann. Aber auch die Jugendämter halten sich zurück, wenn es um das liebe Geld für eine Wiedergutmachung geht. Auch fragt man sich, wie es mit der gerichtlichen Bestrafung aussieht. Es sei dahingestellt, ob eine Bestrafung der Täter das Ertragen dieser Leiden bei den Opfern leichter macht. Meist jedoch beschränkt sich die Bestrafung nur auf eine sogenannte interne Rüge und eine halbherzige Entschuldigung. Sollte eine Gefängnisstrafe ausgesprochen werden, dann mit Bewährung. Nach dem Motto »Strafe muss sein« werden die mit ihren Leiden alleine gelassenen Opfer nur verhöhnt. Eigentlich geht man mit den Verursachern zu sanftmütig um. So könnte man zu der Vermutung kommen, alles nur Augenwischerei. Aber in einem Rechtsstaat sollte und dürfte es keinen Freiraum geben, auch nicht für einen bestimmten Personenkreis. Zum Beispiel den einer Behörde oder einer Glaubensgemeinschaft. Einer Glaubensgemeinschaft, die sich im Laufe ihres Bestehens ohnehin nicht nur durch Nächstenliebe ausgezeichnet hat. Hass, Lüge, Raub, Vergewaltigung, Brandschatzung, Mord und Totschlag ziehen sich durch die Jahrhunderte ihres Bestehens, und dies schon von Anfang an. Aufruf von den Kanzeln der Gotteshäuser zu millionenfacher Hinrichtung Andersgläubiger. Traurig, aber wahr! Wenn wir uns als Angehörige der abendländischen Kultur bezeichnen, müssen wir uns auch dieser Tatsache stellen. Da zieht sich der Teufel eine Kutte an, hängt sich ein großes, nicht übersehbares Kreuz aus echtem Gold um den Hals, und schon ist er ein Heiliger. Als wären wir von dem Glanz dieses Metalls für jedes begangene Unrecht blind. Gold aus fremden Kontinenten, für das Tausende, ja Millionen von Sklaven und sonst unterdrückte arme Menschen ihr Leben lassen mussten. Dann versteckt sich dieser Heilige auch noch hinter einer ohnehin recht dubiosen Erzählung aus Tausendundeiner Nacht und besitzt einen Freibrief für sein schändliches Tun. Niemand wagt es, ihm entgegenzutreten, was ja einer Gotteslästerung gleichkäme. Diese Sicherheit macht ihn überheblich! Sollte dieses von ihm begangene Unrecht jemals aufgedeckt werden, so muss er als Konsequenz lediglich mit einer Versetzung rechnen, als sogenannte Strafe. Dort an seinem neuen Wirkungsort kann er weiterhin, bis zur nächsten Entdeckung, seiner schändlichen Neigung nachgehen. Wieder kräht kein Hahn danach, was sich im Verborgenen hinter dicken Mauern abspielte. Wie viele dieser Kirchendienerinnen und Kirchendiener oder aber auch sonstiger Erzieher hier im Lande sind seit dem letzten Weltkrieg wegen Körperverletzung oder sexuellen Missbrauchs Schutzbefohlener wirklich bestraft worden? Auch wurden bis jetzt so gut wie keine aktuellen Fälle bekannt. Alle in letzter Zeit bekannten Fälle geschahen vor vielen Jahren und sind somit auch noch verjährt. Das ist doch komisch! Zudem handelt es sich bei den Tätern um betagte Personen, die, wenn sie bestraft werden sollten, lediglich mit einer Bewährungsstrafe zu rechnen hätten, im schlimmsten Falle ihres Alters und ihrer Gebrechlichkeit wegen auf Kosten der Steuerzahler den Rest ihres Lebens in einer 5-Sterne-Gefängniszelle verbringen dürften. Auf ihre Gesundheit wird Rücksicht genommen, nicht auf die ihrer Opfer. Auch erscheint hierzu in den Massenmedien keinerlei Reaktion, keine Frage nach dem »Wieso«. Wieso werden keine aktuellen Fälle aufgedeckt? Soll dies bedeuten, dass alle pädophilen Kinderschänder gleichzeitig vor Jahren wie durch ein Wunder von ihrem krankhaften Tun geheilt wurden? An Wunder glaubt ohnehin nur ein geistig träger Mensch! Was ist mit den laxen Strafen? Wo bleiben unsere Politiker? Wo bleibt das viel gepriesene Rechtssystem? Was machen unsere Jugendämter? Warum werden jetzt nicht alle Heime untersucht und die dort befindlichen Kinder nach solch bösen Erfahrungen befragt? Was ist mit denen, die bereits diese Hölle hinter sich gelassen haben? Sind sie nicht auch ein Teil unserer Gesellschaft? Es heißt doch, in unserer Gesellschaft ist das Individuum wichtig! Der Einzelne ist der kleinste Teil einer Gesellschaft. Ihn zu schützen, zu hegen und pflegen, auf dass wir in einer gesunden Gemeinschaft existieren können. So sollte es sein! Wir leben bekanntlich in einem Sozialstaat. Doch kann ich mich des Eindruckes nicht erwehren, in einem nichts und niemanden respektierenden Haufen asozialer Einzelkämpfer zu leben. Es soll und darf keinen benachteiligten Bürger geben. Doch sieht es in der Wirklichkeit anders aus. Alle sind wir gleich. Nun, Antonio Weber, von all seinen Familienangehörigen und seinen Freunden kurz Toni genannt, hatte in dieser Beziehung Glück im Unglück gehabt. Er war keinem schwulen Lehrer, Pastor oder Ordensbruder in die Hände gefallen, aber Frauen können manches Mal genauso, wenn nicht gar schlimmer sein als Männer. Bei diesen Frauen handelte es sich zudem um Ordensschwestern, die Ordensschwestern im Sankt-Josefs-Heim im Mannheimer Vorort Käfertal-Süd. Wer glaubt schon angesichts einer Nonne, ein grausames, böses Menschlein vor sich zu haben? Aber nicht jede Nonne ist eine Mutter Theresa! Es fällt schwer, diese Geschichte zu glauben, aber es gibt genug Beweise für die Richtigkeit des erhobenen Vorwurfes. Toni war nicht das einzige Opfer dieser hartherzigen, bösen Nonnen. Doch Toni hat es nach einem harten, wild bewegten Leben geschafft, heute seiner eigenen Zukunft ins Auge zu sehen und über seine harte Vergangenheit zu sprechen. Ein Jahrelanges Martyrium hat er erlitten. Schon im zarten Kindesalter von vier Jahren. Mit Härte und Brutalität lernte er die Erwachsenenwelt kennen. Für ihn damals ganz und gar unverständlich, was da mit ihm geschah. Was hatte er verbrochen, dass er so hart bestraft werden musste? Bis heute ist ihm kein plausibler Grund hierzu eingefallen! Kein Wunder also, wenn Toni später die spießbürgerliche Gesellschaft seiner Jugendzeit belächelte und verachtete. Seine Verachtung drückte er durch Ungehorsam dieser gegenüber aus. Die Erwachsenenwelt war ihm ein schlechtes Beispiel, und so bemühte er sich, sein Verhalten dieser anzupassen. Verlogen und doppelzüngig, so kam sie ihm vor. Kleine Vergehen werden hart bestraft, große Vergehen dagegen selten!

Und so fing die eigentliche Geschichte des jüngeren

Mannes an, der da im Straßencafé in den Mannheimer Planken saß und seine Erinnerungen in Worte kleidete.

Toni wurde am 6. April 1961 in Mannheim geboren. Genauer gesagt, in dem im äußersten Norden der Stadt gelegenen Aussiedlervorort Schönau. Damals bestand dieser Ort aus lauter Einfamilienhäusern, die meist von Nachkriegsflüchtlingen bewohnt wurden. Aus Schlesien, Ostpreußen, Böhmen und anderen ehemaligen deutschen Landen waren sie gekommen und von der Stadtverwaltung dort angesiedelt worden. Die dortigen Straßennamen sprechen Bände. Auch ausländische Mitbürger fanden in späteren Jahren hier ein neues Zuhause. Es waren viele, die da kamen. Bald schon wurden noch einige schnell errichtete Wohnblöcke am Nordrand Schönaus erbaut. Es waren zwar keine der viel zitierten Plattenbauten der DDR, doch auch nicht viel besser als diese. Billige, unkomplizierte Bauweise. Offene balkonartige Hausflure, von denen man direkt auf die Haustüre einer jeden Wohnung gelangte. Im Sommer drückend heiß, im Winter arschkalt. In so einem Bau wohnten Toni und seine Eltern. Seine Eltern und seine Geschwister. Kurzum, die ganze Familie! Gertrud W. hieß seine Mutter. Außer dass sie Hausfrau war, war sie jetzt auch noch als Köchin tätig, die eine oder andere Stunde auch als Putzfrau. Es waren eben viele Münder zu stopfen. Jede hart verdiente Mark wurde in den Haushalt gesteckt, doch versickerte sie dort wie ein Regentropfen im heißen Wüstensand. Aber für das Wohl ihrer Familie war ihr kein Opfer zu viel. Mutter Gertrud klagte nicht über die schwere Bürde, die sie trug, war sie es doch schon immer gewohnt gewesen, hart zu kämpfen. Während des Krieges war sie nach Ende ihrer Schulzeit in der Rüstungsindustrie eingesetzt, und später dann, nachdem diese grausame Zeit vorüber war, räumte sie Trümmer von den Straßen. Klopfte den Mörtel von den Steinen, die sie zuvor aus den Gebäuderuinen gestemmt hatte. Alles für den Wiederaufbau. Es musste weitergehen! Ein junges Mädchen war sie noch, deren Leben vom Krieg gezeichnet war. Der Vater von Toni hieß Paolo T. und arbeitete in der neuen Heimat als einfacher Arbeiter auf dem Bau. Nach dem Krieg war er aus Italien als Gastarbeiter nach Deutschland gekommen, um hier sein Glück zu suchen. Was hier außer ihm niemand wusste, war die Tatsache, dass Paolo ein Geheimnis in sich trug. Eisern schwieg er hierüber. Auch Gertrud gegenüber löste er dieses dunkle Wissen seiner Vergangenheit nicht auf. Wohl glaubte Paolo, mit dem Wechsel in eine andere Welt sei alles vorbei und vergessen. So war er den lockenden Versprechungen der deutschen Nachkriegspolitiker gefolgt und aus seiner Heimat, dem südlichen Kalabrien, angereist. Mit einem kleinen, schäbigen Koffer kam er mit dem Zug am Mannheimer Hauptbahnhof an. Hier hoffte er sein geplagtes Gewissen beruhigen zu können und einige Zeit zu verbringen, bis über seine Vergangenheit Gras gewachsen wäre. Doch die dunklen Schatten seiner Vergangenheit waren mit ihm über die Alpen gereist. Sie abzuschütteln gelang ihm letzten Endes jedoch nicht. Es sollten Jahre vergehen, bis ihn die Vergangenheit dann doch noch einholte. Am Anfang war er froh, alles hinter sich lassen zu können.

Stunde um Stunde hatte er mit sechs anderen Landsleuten im verrauchten Bahnabteil gesessen. Mit Spielkarten, Rotwein aus der Heimat und selbst gedrehten Zigaretten überbrückten sie die scheinbar nicht enden wollende Reise. So hatte er zumindest die Möglichkeit, unter all den fremden Landsleuten Bekanntschaften zu knüpfen. Die bange Frage, was sie in der neuen Heimat erwartete, machte unter ihnen die Runde. Sie mussten in der Fremde nur fest zusammenhalten, dann konnte ihnen nichts geschehen, so sagten sie sich. Dieses Versprechen gab den Neuankömmlingen einen gewissen Mut, um in einer für sie noch gänzlich unbekannten Welt zu bestehen. Er, Paolo, war also nicht mehr alleine, als der Zug dann endlich mit metallisch schleifendem Geräusch am Zielort zum Stehen kam. Man war froh, endlich angekommen zu sein. Aber bis auf die Zugbegleiter hatte bis zu diesem Zeitpunkt keiner von ihnen Kontakt mit der deutschen Bevölkerung gehabt. Während des Krieges schon. Doch da handelte es sich um Soldaten und es war Krieg. Also nicht mit jetzt zu vergleichen. Ganz selten befand sich eine Frau unter ihnen, und wenn, dann handelte es sich um viel beschäftigte Krankenschwestern. Diese hatten jedoch mit den Einheimischen wenig Kontakt. So war das damals gewesen. Doch die Zeiten hatten sich geändert. Aus einem Heer selbstbewusster, siegreicher Helden, die die Welt vor der Macht der Kommunisten bewahren wollten, war nun ein jämmerlicher, trauriger Haufen geworden. Sie hatten den Krieg verloren und waren überdies auch noch zu Verbrechern geworden. Na ja, das ist nicht das erste Mal gewesen und wird auch nicht das letzte Mal sein, dass Männer und Frauen für ihr Vertrauen in die politische Führung ihrer Heimat schamlos ausgenutzt werden. Unsicher und innerlich aufgewühlt strebten nun die ankommenden Männer den Waggontüren zu. Es würde schwer werden, mit dieser neuen Situation umzugehen. Auch in Italien hatte es gleiche Bestrebungen gegeben. Doch dort hatte man sich mit den Befreiern arrangiert, nachdem man Mussolini, König Emanuel, und wen man sonst noch als schuldig ansah, kurzerhand aufgehängt hatte. Nur die den mafiaähnlichen Verhältnissen unterstehenden Großgrundbesitzer blieben unbehelligt. Sie wurden obendrein auch noch von den Siegern zur Verwaltung des Landes eingesetzt. Es waren Monster vernichtet und sogleich neue Monster geschaffen worden. Es war das alte Lied. Der Sieger bedient sich der Gegner seiner Feinde und stellt keine Frage, ob es sich hierbei um ehrlose oder ehrbare Personen handelt. Hauptsache, sie sind willige Vertreter der Siegermacht. Paolo ließ sich nun gedankenversunken von der Menge vorwärtsschieben. Mit ihm stieg eine nicht zu übersehende Anzahl Landsleute auf den Bahnsteig heraus. Türme von Koffern und Taschen wurden aus den Abteilfenstern herausgereicht und aufgestapelt. Da standen sie nun. Schweigend, mit großen, fragenden Augen um sich blickend, neugierig, wie es weitergehen sollte. Es war eine gewisse Anspannung unter ihnen zu verspüren. Eine Anspannung, die dem Wort Angst gerechter wurde. Ein neuer Lebensabschnitt wartete auf sie. Die Tage, an denen die ersten Gastarbeiter aus Italien mit Blumensträußen von Mitgliedern der Landesregierung empfangen worden waren, gehörten der Vergangenheit an. Ein Mitarbeiter des Arbeitsamtes, ein Vertreter einer Baufirma sowie ein italienischer Dolmetscher standen mit einem Schild dort und erwarteten die Gastarbeiter aus dem Süden. In italienischer Sprache wurden die Neuankömmlinge begrüßt. Unter dem Empfangskomitee standen auch einige Vertreter des US-Militärs. Nebenbei gesagt gehörte Mannheim damals zur amerikanischen Besatzungszone. Die Anwesenheit der Amerikaner gab den Neuankömmlingen das beruhigende Gefühl, sicher zu sein. Sie waren als Befreier des italienischen Volkes gekommen und genossen daher die Sympathie der Gastarbeiter aus dem Süden. Auch unter den Uniformierten befand sich der eine oder andere Italienisch sprechende Soldat. Italoamerikaner! Diese versuchten mit den Neuankömmlingen sofort Kontakt aufzunehmen. Letztendlich waren sie darauf bedacht, ihre Zone unter Kontrolle zu halten. Dazu gehörte auch die Imagepflege. Außerdem wollten sie wissen, wer da kam oder wer da ging. Auch einige Zivilisten hatten sich auf dem Bahnsteig eingefunden, um die neuen Mitbürger zu begrüßen und willkommen zu heißen. In den Händen einiger befanden sich kleine Geschenke. Es war nicht leicht, Kontakt zu finden, denn man musste eine kulturelle Hürde überspringen, die fast so hoch wie die Alpen war. Langsam nur taute das Eis. Das eine oder andere Willkommensgeschenk wurde übergeben. Das Empfangskomitee des Arbeitsamtes hielt sich noch abwartend im Hintergrund bereit. Man ließ den Ankommenden Zeit, sich erst einmal zu orientieren und Luft zu schnappen. Doch dann kam Leben in die Gastgeber und sie drängten zur Eile. Es dauerte eine geraume Zeit, bis die Männer aus dem Süden begriffen und sich um das dreiköpfige deutsche Empfangskomitee scharten. Der Dolmetscher hatte alle Hände voll zu tun.

Nicht alle von ihnen waren des Lesens kundig und mussten daher von den gebildeteren Landsleuten dorthin dirigiert werden. Das war eben nicht ohne lautes Geschrei vor sich gegangen. Wie eben die Südländer so sind. Auch Paolo folgte den anderen. Anfangs zögernd, doch als er in der Gruppe der Gastgeber ein ihm bekanntes Gesicht erblickte, ging er entschlossener darauf zu. Nachdem sie einen Halbkreis um die drei Männer gemacht hatten, wurden die Ankommenden von dem Vertreter des Arbeitsamtes aufs Herzlichste begrüßt und dann dem Vertreter der Baufirma übergeben, der mithilfe des Dolmetschers die Männer zu den vereinzelten Baustellen, in der ganzen Stadt gelegen, verteilte. Lucio, so hieß der Bekannte aus einem Nachbardorf Kalabriens, der schon vor Jahren ausgewandert war und den er seit damals nicht wiedergesehen hatte. Dieser Lucio war der Einzige unter all den Menschen hier, den Paolo persönlich kannte. Seit Jugend an! Er war ein Freund und Schulkamerad aus der Jugendzeit gewesen. Oft hatten beide gemeinsam die Schule geschwänzt und sich in der näheren Umgebung des Dorfes herumgetrieben, waren im Sommer oft zum Baden am Fluss gewesen und waren miteinander um die Wette geschwommen, oder sie hatten einige Fischlein geangelt, die sie im Anschluss wieder dem nassen Element zurückgaben. Sie hätten ja schlecht mit den Fischen zu Hause ankommen können. Welche Erklärung hätten sie ihren fragenden Eltern geben sollen? Während des Schulunterrichtes konnte nicht geangelt werden. Eigentlich war Lucio der Anstifter. Seinen Eltern war es egal, ob ihr Sohn zur Schule ging oder selbige schwänzte. Herrliche Zeiten waren es, die sie miteinander verbracht hatten. Zu schnell waren sie vergangen. Leider! Dann als Erwachsene war jeder seine eigenen Wege gegangen. Sie hatten sich seit damals nur wenige Male wiedergesehen. Das letzte Mal, das war schon so lange her. Mit Wehmut erinnerte er sich jetzt. Fast eine Ewigkeit! Paolo dachte blitzschnell nach. In Gedanken rechnete er die Zeit zurück. Mehr als sieben oder gar acht Jahre lag es nun schon zurück. Er musste unbedingt Kontakt zu diesem Mann aufnehmen. Lucio musste ihm helfen. Letztendlich waren sie beide doch Freunde gewesen. Paolo war bei diesem Gedanken ganz aufgeregt geworden. Im Traum hätte er es nicht für möglich gehalten! Das war ja ein Zufall, dass er hier, fern der Heimat, einen Jugendfreund antreffen würde. Unglaublich! Einen Freund aus Kindertagen hier fern von zu Hause wiederzutreffen, das zu glauben fiel schwer. Das also war die Gelegenheit, die er brauchte, denn Lucio würde ihm helfen können. Dessen Hilfe brauchte er dringend. Durch Lucio konnte er die nötige Unterstützung erhalten, um hier Fuß zu fassen. Jetzt nach Hause gehen, das war undenkbar. Deutschland war seine Rettung! Der Lucio, der würde ihm keine Bitte abschlagen. Da war sich Paolo sicher. Es waren doch auch so viele Dinge zu erledigen, die er nicht gewohnt war zu tun. Natürlich sollten die neu angekommenen Gastarbeiter von Amts wegen bei allen Behördengängen unterstützt werden. Auch hatte es bei der Rekrutierung geheißen, man würde schnelle und unbürokratische Hilfe leisten. Was er darunter zu verstehen hatte, war ihm noch schleierhaft. Aber die Unterstützung eines guten Freundes war allemal sicherer und mehr wert als diese Versprechungen von irgendwelchen Politikern, zumal von diesen Fremden hier. Politiker waren wohl alle und überall gleich, ob Italien oder Deutschland. Sie versprachen viel und hielten letztendlich doch kein einziges Wort. Während der kurzen Ansprache des Vertreters des Arbeitsamtes drängte sich Paolo durch die Menge der vor ihm stehenden Landsleute, die nur widerwillig Platz machten, zu Lucio hin. Sichtlich erleichtert war er, als er sein Ziel endlich erreicht hatte und dem überraschten Landsmann in die kurzen Rippen stieß, was dieser mit einem »Uff« quittierte und dabei den Atem aus den Lungen blies. Ein wenig verärgert schaute der angerempelte Mann zur Seite, in das Gesicht seines Peinigers. Über das eben noch verärgert blickende Gesicht huschte ein heller Schein. Da war etwas ihm Bekanntes an seiner Seite. Für Lucio kam diese Begegnung völlig unerwartet. Nach einem kurzen Moment des Überlegens, des Durchforstens der Erinnerungen, hellten sich seine Gesichtszüge noch stärker auf und ein warmes Leuchten erschien in seinen Augen. Ja, dieses Wiedersehen kam so überraschend, dass die zwei ganz und gar vergaßen, dass sie nicht alleine auf dem Bahnsteig standen. Aber das war jetzt egal. Beide Männer fielen sich in die Arme und zogen die Aufmerksamkeit der Umherstehenden auf sich. Kein Wunder auch, denn hier auf dem Bahnhof hallte jedes Wort in tausendfacher Stärke wider. Paolo und Lucio waren es nicht gewohnt zu flüstern. Auch jetzt nicht! Während sich die Vertreter des Empfangskomitees verständnislos anschauten, sahen ihnen die anderen mit Wohlwollen zu. Auch die Amerikaner schmunzelten. Nachdem sie sich ausgiebig mit Schulterklopfen und Bruderküssen begrüßt hatten, erinnerten sie sich des Grundes ihres Hierseins. Alle Augen waren gespannt nur auf sie gerichtet. »Später«, flüsterte Lucio und räusperte sich verlegen. Paolo schien zufrieden und auch erleichtert und wich keinen Schritt von der Seite seines Freundes Lucio. Nach den Begrüßungsreden der deutschen Delegation wurden die von der deutschen Bevölkerung als Spaghettifresser bezeichneten Männer in Gruppen eingeteilt und zum Ausgang des Bahnhofes geführt. In mehrere Busse, die vor dem Bahnhofsgebäude geparkt waren, wurden sie verladen und dann zu den Baustellen gebracht, wo provisorisch eingerichtete Unterkünfte auf sie warteten. Der erste Eindruck, den Paolo hatte, war nicht gerade überwältigend. Es ging ihnen wohl allen so. Der Anblick der zugewiesenen Unterkunft war nicht gerade paradiesisch zu nennen. Die Enttäuschung darüber war ihnen anzusehen. Hatten wohl etwas mehr erwartet! Wortlos machten sie sich daher daran, ihre armselige Habe auszupacken und in den ihnen zugewiesenen Spind zu räumen. Das geschah ohne großes Aufhebens. Diese Männer waren von Hause aus schon recht wortkarg, doch mussten sie sich erst einmal von den Strapazen der Reise erholen. In Gedanken befanden sie sich weit von hier entfernt. Noch am gleichen Abend bekam Paolo Besuch von seinem wiedergefundenen Freund. Er war nicht alleine gekommen. Luca P. war mit ihm gekommen. Luca und er hatten sich hier in Deutschland kennengelernt und waren seit dieser Zeit gute Freunde geworden. Gemeinsam gingen die drei Männer in das Siedlerheim, so nannte sich die Kneipe, mitten im Vorort Schönau gelegen. Eigentlich war diese Einrichtung von der deutschen Bevölkerung in Beschlag genommen, doch im Laufe der letzten Zeit verkehrten immer mehr Azuris in dieser Gaststätte. An diesem Abend jedoch blieb es ruhig, was nicht immer so war. Ansonsten kam es auch zu Handgreiflichkeiten. Die eine oder andere dieser Auseinandersetzungen endete mitunter auch in einer Messerstecherei. Dadurch wurde die Schönau berühmt und berüchtigt. Wer hier nichts verloren hatte, der zog es vor, einen großen Bogen um diesen Stadtteil zu machen. Bei einem Glas Rotwein saßen sie dort und Luca erzählte Anekdoten aus vergangenen Tagen, aber auch Neues aus seinem jetzigen Dasein. Luca hatte sich im Laufe der Jahre, die er bereits hier in Deutschland lebte, heimisch gemacht. Lange schon war es her, dass er in der alten Heimat gewesen war. Heimweh überfiel ihn schon das eine oder andere Mal. Gerne wäre er zurückgekehrt, doch die Reise war für ihn zu teuer. Zum anderen hatte er sich hier häuslich eingerichtet. Er hatte eine deutsche Frau. Ihm war eine Wohnung zugeteilt worden. Auch Möbel hatte man ihm gestellt. Während er so erzählte, hörte ihm Paolo mit offenem Munde zu. Es klang alles so wunderbar. Er konnte einfach nicht glauben, was er da hörte. Das war ja wie die Geschichte im Schlaraffenland. Luca hatte ein deutsches Mädchen kennengelernt, hier im Siedlerheim. Steffi hieß sie. Sie hatte von ihm ein Kind bekommen und beide hatten daraufhin eine Wohnung beantragt und auch bekommen. Ja, sogar ein kleines Darlehen für den Möbelkauf war ihnen gewährt worden. Das war fantastisch. Deutsche Frauen, die sich einsam fühlten, gab es viele, berichteten Luca und Lucio. Sie schwärmten von diesen deutschen Mädchen. Viele deutsche Männer waren im

Krieg gefallen, während andere in den Gefangenenlagern schmachteten. Auf jeden dieser Männer hier kamen mehrere Frauen. Die meisten von ihnen aber hatten keinen einzigen. Somit fand jeder eine Frau, der eine solche finden wollte. Mehrere sogar, wenn der Mann ein guter Hengst war, meinte Lucio vielsagend mit den Augen zwinkernd. Diese Frauen sehnten sich einfach nach ein wenig Zärtlichkeit. Hungrig waren sie. Lange noch saßen die Freunde beieinander an diesem Abend und so manche Geschichte machte die Runde. Sie erzählten, tranken Wein und hielten Ausschau nach den anwesenden Schönheiten. Schon am übernächsten Tag nach ihrer Ankunft wurden die Neuankömmlinge zur Arbeit eingeteilt. Im Verlaufe dieser Zeit hatten sie die wichtigsten Formalitäten in Ordnung gebracht.

Erwartungsvoll ging Paolo aus der Gemeinschaftsunterkunft und zum wartenden Fahrzeug hin, das ihn gemeinsam mit einigen anderen Kollegen zur Baustelle, seinem Einsatzort, brachte. Paolo wurde einem Landsmann, der schon mehr als ein Jahr in Deutschland arbeitete, zugeteilt. Kurze Begrüßung, dann ging es auch schon los. Mehr als ein Händeschütteln war nicht drin! Beide rührten in einer großen Wanne Sand, Zement und Wasser zusammen, mit dem sie die Maurer auf dem Gerüst versorgten. Keine Erholungskur war das. Paolo begann daran zu zweifeln, dass er sich wirklich in einem Wunderland, einem Paradies, befinden sollte. Kaum Zeit blieb ihm, um einen Blick in die Runde zu werfen. Immer wieder forderten die Maurer Nachschub an. Andere brachten Ziegelsteine auf das Gerüst hinauf. Diese Tätigkeit verrichteten sie von morgens bis abends, nur durch zwei Pausen unterbrochen. Anfangs wurde der Sand durch aufrecht gestellte Siebe geschaufelt. Dann kam dieser in die große Wanne und wurde mit Zement innig gemischt. Danach mit Wasser angerührt, in Eimer abgefüllt und auf das Gerüst hinauf geschafft. Eine schweißtreibende und erschöpfende Tätigkeit. Paolo war eine solche Schufterei von zu Hause aus nicht gewohnt. Dort war es um diese Jahreszeit bereits so heiß, dass ein solches Arbeitspensum unweigerlich zum Zusammenbruch des Arbeiters geführt hätte. Daher nahm er am Abend die Anweisung, Feierabend zu machen, mit Erleichterung auf. Feierabend galt für die Maurer, nicht für sie, die Hilfsarbeiter. Bis zum ersehnten Feierabend sollte es noch dauern. Die Arbeitsgeräte mussten gereinigt werden. Dann erst war auch für Paolo der erste Arbeitstag zu Ende. Mit einem tiefen Seufzer nahm er diese Tatsache letztendlich zur Kenntnis. Erschöpft und müde fiel er nach seinem ersten Arbeitstag auf das ihm zugewiesene Bett nieder und schlief sogleich ein. Nicht ein einziges Mal wurde der Tiefschlaf von einer Traumfrau unterbrochen. Von Montag bis Samstag wurde in diesem Rhythmus gearbeitet. Das zerstörte Deutschland musste so schnell wie möglich wieder aufgebaut werden. So gab es für Paolo in den ersten Wochen nur Arbeit und Schlaf. Eines Tages dann wurde ihm ein neues Zuhause zugeteilt. Er wohnte jetzt im Lutzenberg, genauer gesagt im Strebelwerk. Die gelegentlichen Besuche von Luca brachten da ein wenig Abwechslung in das harte Alltagsleben. Doch sie hielten sich zeitlich begrenzt. Es gab keinen Abend, an dem Paolo nicht bereute, über die Alpen in den Norden gereist zu sein. Wie ein Strafgefangener kam er sich vor. Schon am ersten Tag waren seine Hände mit Blasen übersät. Noch nie in seinem Leben hatte er so hart arbeiten müssen. Diese verdammten Tedescos standen auf den Baugerüsten und schrien sich die Seele aus dem Leib. Wollten immer mehr Ziegelsteine und immer mehr angerührte Zementmasse. Je mehr sie aber bekamen, desto mehr forderten sie. Sie taten so, als wollten sie dieses am Boden zerstörte Land in nur einem Tag wieder aufbauen. Lauter Verrückte! Endlich war die gottverdammte Woche herum! Sonntags hatte er frei! Das erste Wochenende in Deutschland. Da wurde nicht gearbeitet. Er ging am Morgen in die Kirche, wie er es von daheim gewohnt war, und zündete eine Kerze an, für die Daheimgebliebenen. Danach saß er mit seinen auf der Baustelle wohnenden Kollegen zusammen. Unerwartet kam dann Besuch. Es wurde ein besonderer Tag, dieser Sonntag. Luca kam und mit ihm Steffi. Die deutsche Freundin. Sie war ein recht sympathisches Mädchen. Besonders beliebt machte sie sich, da sie sich bemühte, die Italienische Sprache zu sprechen. Im Gegensatz zu Luca, der sich damit schwer tat, die deutsche Sprache zu erlernen. Beim Auseinandergehen versprach Steffi, beim nächsten Mal eine Freundin mitzubringen. Dann kam der Tag, an dem Paolo mit einigen Arbeiterkollegen in eine Kneipe ging, in der sich auch deutsche Frauen und Mädchen aufhielten. Auch Luca und Steffi waren mit von der Partie. Hier machte Paolo dann die Bekanntschaft von Gertrud. Sie kam des Öfteren in diese Kneipe. Gertrud und Steffi waren wirklich gute Freundinnen. Davon konnte sich Paolo selbst überzeugen. Beide Mädchen verstanden sich prima. Sie, Gertrud, suchte ein wenig Abwechslung, um so dem monotonen Alltagsleben zu entfliehen. Sie hatte bis jetzt nicht das Glück gehabt wie ihre Freundin. Die schien mit Luca den großen Fang gemacht zu haben. Den einen oder anderen Burschen hatte Gertrud schon kennengelernt, aber nichts Festes. Alle von ihnen wollten nur das eine, und das auf dem schnellsten Weg! Doch so schnell schossen die Preußen bekanntlich nicht. Bisher hatte ihr das Leben wenig zu bieten gehabt. Aber was nicht war, konnte ja noch werden. Zuerst der Krieg und die Beschäftigung in der Rüstungsindustrie. Gleich nach der Schulentlassung war sie hierzu eingezogen worden. Als der Krieg dann endlich vorbei war, arbeitete sie als sogenannte Trümmerfrau. Mit so vielen anderen Frauen, die die Bombardierung überlebt hatten, war sie am Wiederaufbau der gänzlich zerstörten Heimatstadt beteiligt gewesen. Die, die das Inferno überlebt hatten, mussten dann die Trümmer wegräumen. Die Straßen frei machen, damit wieder neues Leben ungehindert darin pulsieren konnte. Eine harte Schufterei war das gewesen, an die sie nicht mehr denken wollte. An diesem Abend aber gehörte das der Vergangenheit an. Sie wollte diese schreckliche Zeit loslassen. Nicht mehr daran denken! Keine Sirenen, keine Bomben, keinen Krieg mehr! Jetzt wollte sie die verlorene Zeit nachholen. Die ihr gestohlene Zeit der Jugend. Schnell, schnell, bevor dieser Friede wieder gestört wurde. Fern im Osten krachte es wieder, doch zum Glück hörte man hier den Kampfeslärm noch nicht. Sie wollte diesen auch nicht hören. Mit ihrer Freundin war Gertrud nun schon zum wiederholten Male hier in diese Kneipe gekommen, denn hier konnte sie fröhlich sein. Ein vom Wirt bestelltes Trio spielte jeden Samstag flotte, beschwingte Weisen. Meist wurde auf Italienisch zum Tanze aufgespielt. Es war immer sehr nett und mitunter auch recht lustig gewesen. Beide Mädchen hatten, wie schon erwähnt, die eine oder andere Bekanntschaft gemacht, doch blieben es nur oberflächliche Begegnungen, bis auf die mit Paolo, dem Freund von Luca. Diese sollte von Dauer werden. Da stand plötzlich dieser braun gebrannte, dunkelhaarige Mann vor ihr. Ein feuriger Südländer, der nur ganz wenige Worte in der hiesigen Sprache verstand, doch diese nicht aussprechen konnte. Er war ein wenig schüchtern, machte aber einen recht netten Eindruck auf Gertrud. Daher auch kein Wunder, dass sie ihm den ersten Tanz gewährte. Paolo war ein guter Tänzer, wie sie sogleich feststellen konnte. Er fegte mit ihr, wie von Engelshänden getragen, über das Parkett. In seinen Armen vergaß Gertrud alle Sorgen des Alltags. Sie schwebte und war glücklich. Beide verabredeten sich vor dem Auseinandergehen schon für das kommende Wochenende. Wieder wollten beide gemeinsam das Tanzbein schwingen. Steffi half den beiden ein wenig, indem sie übersetzte, so gut es eben ging. So kam es, dass sich die deutsche Frau und der gerade ins Land gekommene Gastarbeiter näher kennenlernten und dann auch des Öfteren die Zweisamkeit suchten. Anfangs wurde Gertrud noch ständig von ihrer Freundin Steffi und Luca begleitet. Doch dauerte es nicht lange und sie bemerkten den heimlichen Wunsch der beiden, alleine zu sein. Paolo und seine Gertrud hatten sich gefunden, und bald schon war Gertrud in anderen Umständen. Jetzt wurde es Zeit für den kommenden Vater, Verantwortung zu übernehmen. Mit seiner kleinen Familie konnte er nicht auf der Baustelle wohnen, sondern musste sich um eine entsprechende Wohnung kümmern. Aber wie? Für einen Ausländer ohne entsprechende Kenntnis der Landessprache ein nicht zu unterschätzendes Problem. Gertrud hingegen kannte sich ein wenig in dem Ämterkram aus und packte die Sache geschickt an. Wie gesagt, musste ein gemeinsames Dach über ihren Köpfen geschaffen werden. Dafür war das Wohnungsamt zuständig. Aber in einer Wohnung ohne Einrichtung konnte man auch nicht leben. Also führte der nächste Gang zum Sozialamt. Steffi und Luca standen ihren Freunden mit Rat und Tat zur Seite. Schritt für Schritt gingen sie vor. Das Glück stand ihnen augenscheinlich zur Seite, denn in der Königsberger Allee wurde ihnen vom Wohnungsamt eine Unterkunft zugewiesen und das Sozialamt gewährte ein Darlehen zum Kauf von Einrichtungsgegenständen. Natürlich konnte von diesem Geld keinerlei Luxus angeschafft werden, doch es reichte, um die vier Wände gemütlich einzurichten. Eigentlich hatten sie nicht damit gerechnet, dass alles so schnell gehen würde. Alles ging unerwartet reibungslos vonstatten und die Freude war groß. Das also war geschafft. Die erste Hürde lag hinter ihnen. Es war an der Zeit, Nägel mit Köpfen zu machen. Daher drängte Gertrud ihren Paolo zur Heirat, denn unehelich sollte ihr erstes Kind nicht zur Welt kommen. Dass sie einen Gastarbeiter heiratete, nahmen die Eltern von Gertrud zähneknirschend hin, aber ein uneheliches Kind, dies hätten sie ihrer Tochter nie verziehen. Dazu waren sie zu strenggläubige Katholiken. Alles musste daher seine Richtigkeit haben. Nachdem Paolo seiner Gertrud das Jawort gegeben hatte, schien alles wie im Paradies, dort in der Königsberger Allee. Jetzt konnte das erste Kind ruhig zur Welt kommen. Bald schon kam es dann auch. Ein Mädchen! Welche Freude und der ganze Stolz von Paolo. Getauft wurde die Neugeborene auf den Namen Roswitha. Danach kam der Stammhalter zur Welt. Dieser wurde kurzerhand Kurt getauft. Ganz und gar nicht italienisch, dieser Name. Wohl auf Wunsch der Großeltern. Der Großvater soll ja vor und während der Zeit der Nationalsozialisten ein hohes Tier gewesen sein. Daher wohl auch seine Abneigung gegen seinen Schwiegersohn. Aber gegen die tiefe Zuneigung seiner Tochter zu diesem Gastarbeiter konnte er nichts ausrichten, sondern musste sich damit abfinden. Als hätte der alte Mann schon damals geahnt, dass seine Tochter ein jähes Erwachen erleben sollte. Doch vorerst herrschte heller Sonnenschein in der Königsberger Allee! Es sollten daher nicht die einzigen Kinder in dieser Verbindung bleiben. Nach dem kleinen Kurt kamen im Laufe der folgenden Jahre die Mädchen Manuela, Lilli, Carmela, Melitta, Angela und Marianne und die Buben Mario, Toni und Francesco hinzu. Es war, wie man sehen kann, ein inniges Verhältnis, bis dann unerwartet ein dunkler Schatten darüberfiel. Die Vergangenheit hatte Paolo letztendlich doch noch eingeholt. Tonis Mutter hatte von dem bösen Geheimnis ihres Paolo erfahren. Sie konnte es nicht glauben. Nie hatte er darüber gesprochen. Auch nicht mit ihr! Daher war die Nachricht über sein streng gehütetes Geheimnis umso niederschmetternder für Gertrud. Paolo war ein Bigamist! Hatte in der alten Heimat Frau und Kinder. Er hatte sie einfach verlassen und sich über all die Jahre nicht um sie gekümmert. Schlimmer jedoch war, dass er in seiner Heimat einen Menschen erschossen und sich dann aus dem Staub gemacht hatte. Dafür hatte er den Tod seines Bruders in Kauf genommen, der dann an seiner Stelle sterben musste. Sein Hitzkopf hatte also zwei Menschen das Leben gekostet und anderen das Glück auf ein intaktes Familienleben genommen. Seine Kinder aus der Ehe mit der anderen Frau wuchsen ohne ihren Vater auf, der sich hier unter ihrem Rock versteckte. Es schnürte Gertrud das Herz zu, als sie davon erfuhr. Den absurden Gedanken, sie sei schuldig daran, konnte sie nicht loswerden. Denn irgendwie hatte sie sich durch ihre Heirat mit diesem Mann schuldig an der jetzt für sie bekannten Situation gemacht. Tiefe Niedergeschlagenheit machte sich in ihr breit. Hieran konnte man die Tiefe ihrer Liebe zu Paolo ermessen. Es gibt ein Sprichwort, das besagt: »Lügen haben kurze Beine.« So war es auch in diesem Falle gewesen. Nicht ein einziges Mal hatte sie daran gedacht, dass ihr geliebter Mann und Vater ihrer Kinder eine solch schwere Last mit sich herumtrug. Ja, nicht einmal im Traum hätte sie daran gedacht, mit einem Mörder unter einem Dach zu leben. Das alles war einfach zu viel für sie. Sie war eine ehrliche, anständige Frau gewesen in all den schweren Jahren, hatte sich nichts zuschulden kommen lassen, und nun dies! Das konnte einfach nicht sein. Ihr Mann ein Verbrecher! Schlimmer noch, er war ein Mörder und Feigling obendrein, der einfach abgehauen war und sich nicht seiner Verantwortung gestellt hatte. Nein! Das war kein Mann für sie! So etwas konnte sie nicht akzeptieren.

Sie war nicht mehr die Alte. Mutter Gertrud war von einem Tag auf den anderen sichtlich gealtert. Man sah ihr die Enttäuschung an. Ihre verweinten Augen hatten den üblichen Glanz verloren. Sie sprach den lieben langen Tag so gut wie kein Wort. Dann schien sie einen Entschluss gefasst zu haben. Paolo solle gehen, das Haus und die Familie verlassen. Unmissverständlich machte sie es ihm klar. Doch dieser dachte nicht daran. Wohin hätte er auch gehen sollen? Nun, einer von beiden müsse das gemeinsame Zuhause verlassen! Ihr Wille war unumstößlich! Doch was galt ihr Wille? Letztendlich war er das Familienoberhaupt. Sie hatte ihm keine Anweisungen zu geben! Er war ein Mann aus Italien! Ein solcher lässt sich nichts von der Frau befehlen! Wenn sie es so wolle, solle sie das Feld räumen. Für beide war unter dem gleichen Dach kein gemeinsames Zusammenleben mehr möglich. Als der Hausherr jedoch nicht daran dachte, sich eine neue Bleibe zu suchen, packte Gertrud ihre eigenen Koffer. Nur die älteren Kinder waren eingeweiht in das Vorhaben ihrer Mutter. Toni und sein kleiner Bruder wunderten sich, dass die Mutter eines Tages nicht mehr bei ihnen war. Sie hatte einfach ihre Siebensachen gepackt und war mit unbekanntem Ziel fortgegangen. Nun hatte auch sie, wie damals Paolo, ihre Familie im Stich gelassen. Mit einem dicken Kuss auf die Backe hatte sie sich unter Tränen von ihren jüngsten Buben verabschiedet. Toni und Chico ahnten zu diesem Zeitpunkt noch nicht, dass sie ihre Mutter über Jahre nicht wiedersehen würden. Im Hause T. wurde es nach dem Weggang der Mutter recht einsam und traurig. Ja, man könnte sogar das Wort trostlos benutzen. Kurt wohnte als Einziger bei der Oma. Roswitha, die älteste Schwester, zog zu ihrem Freund, einem Zeitsoldaten der Bundeswehr. Manuela, Angela und Mario kamen später bei der Nachbarsfamilie K. unter. Die restlichen Kinder wurden von der Familie W. aufgefangen. Ebenfalls Nachbarn! Nur die beiden jüngsten Söhne Toni und Chico waren in der elterlichen Wohnung verblieben. Niemand wollte sie haben. Beide arrangierten sich mehr schlecht als recht mit der Situation. Zur Mittagszeit kamen dann die älteren Mädchen von der Schule nach Hause, um nach dem Rechten zu sehen. Jedes der Kinder, das sich auch nur zeitweise in der elterlichen Wohnung aufhielt, unterstand dem strengen Regime der großen Schwester Roswitha. Vater Paolo hatte ihr die elterliche Gewalt übertragen. Gemeinsam mit den Schwestern versuchte sie, der ihr vom Vater übertragenen Verantwortung gerecht zu werden. Doch Roswitha war mit ihren Gedanken im siebten Himmel. Wie jedem bekannt, ist dieser weit von unserem Planeten entfernt. In beiden Welten gleichzeitig zu sein fiel ihr von Tag zu Tag schwerer. Trotz der aktiven Unterstützung durch die anderen weiblichen Familienmitglieder, musste Roswitha dann doch das Handtuch werfen. Sie war einfach überfordert gewesen. Neben ihrer häuslichen Pflicht hatte sie in einem Kaufhaus im Nachbarort Waldhof die Lehre zu absolvieren. Für ein so junges Ding einfach zu viel Verantwortung. Der Vater aber wollte sich nicht um die mannigfaltigen familiären Probleme kümmern. Hauptsache, er hatte seine Ruhe und konnte sich mit seinen Freunden und Landsleuten aus der Heimat bei einem Glas Rotwein treffen und Reden schwingen. Er war wohl felsenfest davon überzeugt, dass sich alles von alleine regeln würde. Seiner Ansicht nach war doch alles in bester Ordnung. Doch Deutschland war nicht gleich Italien. Bei der deutschen Gründlichkeit musste den Behörden der fehlende mütterliche Beistand auffallen. Es dauerte daher auch nicht lange und das Jugendamt trat in Aktion. Wohl von der Schulbehörde oder einem der Nachbarn in Bewegung gesetzt, kam ganz unerwartet eine städtische Mitarbeiterin in die Königsberger Allee. Am frühen Morgen und dazu noch unangemeldet! Schwer schnaufend war dann diese Frau im fünften Stock angelangt und musste nun eine ganze Weile warten, bis ihr die Wohnungstür geöffnet wurde. Einer der beiden Jungen, um die es sich drehte, öffnete letztendlich die Türe. Der Vater war bereits aus dem Hause und zur Arbeit gegangen. Das zumindest vermerkte sie als Pluspunkt. Aber eine Mutter war nicht vorhanden. Wie unter diesen Umständen erwartet, stand die Besucherin einem kleinen Chaos gegenüber. Diesen Anblick war die Frau schon gewohnt. Im Laufe der vielen Dienstjahre hatte sie sich an so manches gewöhnen müssen. Wie sie mit ihrem geschulten Blick feststellen konnte, hatten an diesem Morgen alle, die noch in der häuslichen Gemeinschaft lebten, verschlafen und dann unter Zeitdruck fluchtartig das Haus verlassen. Danach blieben die Betten eben bis zum Nachmittag unaufgeräumt. Aber auch in der Küche sah es nicht viel besser aus. Im Waschbecken türmte sich das dreckige Geschirr der letzten Tage. Wer hatte auch damit rechnen können, dass nun dieses Unheil mit ihrem Kommen seinen Anfang nehmen sollte. Bei dem Kleinen handelte es sich um den Jüngsten der Bewohner. Er war sichtlich sehr überrascht, einer fremden Person die Türe geöffnet zu haben. Da stand der kleine Knirps und rieb sich den guten Morgen aus den Augen. Als sich bei dem unnachgiebigen Klopfen an der Wohnungstür Toni auf die andere Seite drehte, war Chico letztendlich aus dem Bett gestiegen und hatte die Frau durch die Türe in die Wohnung hereingelassen. Er erschrak, als er sie mitten in der Wohnung stehend vor sich sah, und ihm wurde bewusst, dass er einen Fehler gemacht hatte. Der Eifer hatte ihn übermannt und unvorsichtig werden lassen. Die Besucherin stellte sich kurz vor, was von dem Jungen in dessen Aufregung jedoch gar nicht richtig wahrgenommen wurde. Mit festem Schritt war sie über die Türschwelle getreten und an dem kleinen Burschen vorbeigegangen. Dann ging sie auch schon ins Wohnzimmer hinein. Sie fragte nach der Mutter und dann nach dem Vater. Die eine war mit unbekanntem Ziel verreist. Mehr war dem kleinen Burschen nicht zu entlocken. Der andere wohl um diese Uhrzeit bei der Arbeit. Da der kleine Chico, nachdem er sich wieder gefangen hatte, wie ein Wasserfall redete, wollte die Besucherin von dem Jungen genauere Einzelheiten über den Verbleib der Mutter wissen. Doch was sollte er ihr erzählen, wusste er selbst doch nicht mehr als die Fragestellerin selbst. Somit blieben alle weiteren Fragen unbeantwortet. Mittlerweile war auch Toni in den Flur hinausgetreten, wo sich sein Bruder mit dieser Fremden unterhielt. Neugierig mischte er sich in das Gespräch der beiden ein. Wer die Frau sei und was ihr Besuch zu bedeuten habe, wollte Toni von ihr wissen. »Ich bin die Frau soundso vom Jugendamt und möchte mich hier ein wenig umsehen.« – »Warum, weshalb?«, wollte Toni von ihr nun wissen. Sie zeigte sich nicht gerade entzückt von der Unterbrechung des nun hinzugekommenen Zweitjüngsten der Familie. Hatte sie sich doch von der Redseligkeit des kleineren Buben mehr Auskünfte versprochen. Ganz schön aufmüpfig kam er ihr vor, trotz seines jungen Alters. Er war nicht so redselig und gutgläubig wie sein Brüderchen, trotzdem fühlte diese Frau auch ihm auf den Zahn. Zumindest versuchte sie es. Er aber blieb stumm wie ein Fisch im Wasser. Gewandt suchte sie nach irgendwelchen Gründen, die als Beweis dienen konnten, um gegen diesen Missstand, der sich ihr bot, einzuschreiten. Sie hatte im Laufe ihrer Tätigkeit schon einiges erlebt. Doch immer wieder war sie von den Zuständen, die sie antreffen musste, von Neuem überrascht. Ein verständnisloses Kopfschütteln war ihre Reaktion. Auch in diesem Zuhause war es nicht viel besser, musste sie feststellen, als sie durch die Wohnung ging. In der Badewanne tummelten sich einige Aale und andere Fische. Vom Badezimmer führte der Weg über den Flur in die Küche. Ihr Blick fiel sofort auf die Restbestände der gehorteten Lebensmittel. Auch der Kühlschrank offenbarte keinerlei bessere Aussicht. im Gegenteil! Um Strom zu sparen, konnte man diesen auch abschalten, so leer war er. Er kühlte nur für die Katz. Wo die Frau auch hinschaute, da war nicht allzu viel zu sehen. Kein Wunder also, dass sich in diesem Hause keine Mäuse aufhielten. Diese wären bestimmt schon elend verhungert. Ansonsten lagen überall Bekleidungsstücke herum. In der Küche stand mitten im Raum ein großer Wäschekorb mit dreckiger Wäsche. War wohl schon vor geraumer Zeit dort abgestellt und dann im Eifer des Gefechtes vergessen worden. Ein leicht säuerlicher Geruch schwängerte die Luft in der gesamten Wohnung. Die Fenster waren geschlossen. »Kinder, Kinder«, murmelte sie und schüttelte dabei ihren Kopf. Mit einem energischen Griff riss sie die Gardine des Küchenfensters zur Seite und öffnete dieses. Sogleich verriet ein warmer Luftzug, dass er gekommen war, um den Mief aus dem Raum zu vertreiben. Ein letzter, fast hilfloser Blick in die Runde, dann suchte sie das Weite, als ihre Befragung erfolglos blieb, jedoch mit der Ankündigung auf ein Wiedersehen. Ein lauter Knall verriet, dass sie die Türe hinter sich ins Schloss fallen ließ. Mit Erleichterung nahmen die beiden Knirpse das Verschwinden der Frau zur Kenntnis. Der kleine Chico musste sich jedoch von seinem Bruder noch einen Rüffel gefallen lassen. In Zukunft war es ihm versagt, die Türe zu öffnen. Gemeinsam nahmen beide am Frühstückstisch Platz. Ein Butterbrot als Frühstück musste genügen. Toni und Chico gingen nach dem Zusammentreffen mit der Frau vom Jugendamt wie gewohnt zum Spielen auf die Straße hinunter. Am Abend kam Roswitha aus dem Geschäft, bereitete das Abendessen und rief die kleinen Brüder nach oben. Auch die eine oder andere Schwester befand sich im Hause. Sie wollten die Gutmütigkeit der Pflegefamilien nicht überspannen, daher kamen sie zum Abendessen nach Hause und gingen nur zum Schlafen in deren Wohnungen. Als sie gegessen hatten, ging es für die Jüngsten ins Bett. So vergaßen beide, dem Vater gegenüber zu erwähnen, dass sie Besuch gehabt hatten. Am nächsten Tag war der morgendliche Besuch dieser Frau dann auch ganz und gar vergessen. Der Vater, der es wissen sollte, war ohnehin schon aus dem Hause. Das Alltagsleben ging somit seinen gewohnten Gang. Zu einem späteren Zeitpunkt dann kam sie, die Frau des Jugendamtes, wie versprochen erneut am Haus vorbei. Sie war neugierig geworden, wollte sich ein umfassenderes Bild des Daseins dieser Familie, ganz besonders der beiden Jungs, machen. So schaute sie nach den beiden kleinsten Mitbewohnern der Familie. Es war bereits kurz nach Mittag. Die Sozialarbeiterin wollte schauen, ob die Jungen beaufsichtigt oder sich selbst überlassen waren. Noch befanden sich die älteren Geschwister in der Schule. Das Bild, das sich ihr bot, war so, wie sie es erwartet hatte. Beide rannten ohne Aufsicht auf der Straße herum. Der ältere der beiden Buben hatte allem Anschein nach die Rolle des Verantwortlichen übernommen. Beruhigend war zu sehen, dass sich der Kleinere der beiden an die Anweisungen des Älteren hielt. Der Kleinere blieb immer in der unmittelbaren Nähe des großen Bruders. Hing, wie man so sagt, am Hemdzipfel des Älteren. Es war rührend mit anzusehen, wie sich die beiden umeinander kümmerten. Es fiel dieser Dame jedoch sofort auf, dass hier die mütterliche Fürsorge fehlte. Die Kinder waren, wie erwartet, sich selbst überlassen gewesen. Ohne gekämmte Haare und noch mit dem Sandmann in den Augen. Bestimmt auch ohne geputzte Zähne. Obendrein hatten sie sich wohl auch gegenseitig beim Anziehen geholfen. Das konnte man auf einen Blick erkennen. Bei dem einen hing ein Hemdzipfel aus der Hose, der andere hatte sich den dünnen, verschlissenen Pullover falsch herum angezogen. Man konnte die

Nähte und das Etikett sehen. Roswitha, die normalerweise die Mutter vertrat, war wie immer in aller Frühe vorbeigekommen, hatte Kaffee für den Vater gekocht und war dann wieder gegangen. Sie befand sich um diese Uhrzeit wie gewöhnlich im Geschäft. Wie gesagt, machte sie eine Lehre als Verkäuferin im Einzelhandel, stand im letzten Jahr ihrer Ausbildung. Bevor sie in den Betrieb ging, schaute sie, wie jeden Tag, kurz in der elterlichen Wohnung nach dem Rechten. Sie durfte nicht zu spät ins Geschäft kommen und daher dauerte ihr Besuch auch wirklich nur einige Minuten. Gerade so lange, bis der Kaffee gekocht und der Frühstückstisch gedeckt war. Die anderen Kinder befanden sich in der Schule. Das nahm die Frau vom Jugendamt positiv auf, doch dass sich die Kleinsten alleine zu Hause befanden und sich den ganzen Tag auf der Straße herumtrieben, das ging ihr dann doch zu weit. Hier musste etwas geschehen! Ohne Aufsicht, und dann noch in der Schönau. So etwas konnte nicht angehen. Zu dem damaligen Zeitpunkt, muss man wissen, war dieser Teil der Stadt ein recht heißes Pflaster. Mit dem unerwarteten Besuch dieser Dame nahm das Schicksal also seinen Lauf. Ob Toni auf der Straße das geworden wäre, was letztendlich aus ihm wurde, ist fraglich.

Es dauerte nicht lange und ein Schreiben des Jugendamtes lag überraschend im Briefkasten der Familie T. Einfach so, aus heiterem Himmel, konnte doch das Jugendamt nicht einfach behaupten, dass die Kinder in misslichen Umständen lebten! Nicht der Hausherr und nicht die älteren Geschwister hatten Besuch von einem Angestellten des Jugendamtes empfangen. Also glaubte man im Hause der T. an ein Versehen. Mit den Worten »Die meinen ganz bestimmt eine andere Familie« tat man die Nachricht ab. Jetzt fiel den beiden kleinsten Bewohnern der zurückliegende Besuch wieder ein. Sie berichteten, was ihnen noch in Erinnerung geblieben war. Wortlos nahm der Vater den Bericht zur Kenntnis. Also galt es doch ihnen, und wie jetzt klar wurde, war die Zustellung kein Versehen. Die beiden kleinsten Familienmitglieder sollten in ein Kinderheim gebracht werden. Der Verdacht der Verwahrlosung war gegeben. Man rechnete vonseiten des Jugendamtes damit, dass sie bis zur Klärung der häuslichen Situation dort besser aufgehoben seien. Dagegen erhob Paolo nun keinen Widerspruch mehr. Ihm war es wohl auch recht so. Damit konnte er die auf seinen Schultern lastende Verantwortung auf elegante Art und Weise loswerden. Der Vater übertrug daher seinen ältesten Töchtern, die beiden Jungs in das in dem Schreiben angegebene Kinderheim zu bringen. Am nächsten Tag schon sollte dies geschehen. Nur die älteren Geschwister wussten also von dem Vorhaben. Toni und Francesco hatten keine Ahnung von alledem. Man hatte ihnen die Einweisung in ein Heim verschwiegen. Dafür schwärmten die Mädchen den beiden Jungen vor, mit der Erlaubnis des Vaters zu verreisen. Das war zu schön, kaum zu glauben! Doch sie glaubten, einen Ausflug mit Roswitha, Marianne und Manuela zu machen. Es erwartete sie ein heiterer und sonniger Morgen, und wirklich war der Tag so richtig zum Reisen. »Wenn Engel reisen, dann lacht die Sonne«, hatte Mutter oft gesagt. Gut gelaunt begann also der neue Tag für die beiden. Warum also sollten sich die beiden Kleinen mit irgendwelchen dunklen Gedanken belasten? Mit Freude nahmen die beiden Brüder die Nachricht auf, mit den drei großen Schwestern spazieren zu gehen bzw. zu fahren. Ganz aufgeregt waren sie und fieberten dem Moment entgegen, an dem es endlich losging. Dieses Mal jedoch war es ganz anders als sonst. Dieses Mal fuhren sie nicht auf dem Gepäckträger eines Fahrrades mit wie sonst üblich. Nein! Es wurde ein richtiger Ausflug. Ganz zu ihrer Freude bestiegen sie die Straßenbahn. Da es sich bei der Haltestelle um eine Endhaltestelle handelte, konnten sich die Kleinen einen Fensterplatz sichern. Mit Hurra wurden die Sitzflächen im Sturm eingenommen. Um besser die vorbeihuschende Außenwelt wahrnehmen zu können, stellten sich die beiden auf die Sitzfläche. Sie drückten ihre Nasen an den Scheiben platt und nahmen jede Bewegung da draußen mit kindlicher Neugierde in sich auf. Gelegentlich wurden ihre Beobachtungen mit entzückten Zwischenrufen begleitet. Ganz besonders lebhaft zeigte sich der kleine Chico, wie Francesco liebevoll von allen Familienmitgliedern genannt wurde. Kein Wunder auch, denn das Erlebnis, mit der Straßenbahn zu fahren, war für ihn einmalig gewesen. Toni dagegen war recht verhalten. Trotz seines jungen Alters war er irgendwie erwachsener. Zumindest schien es nach außen hin so. Ganz im Gegenteil zu seinem kleinen Bruder nahm er das Erlebte und Gesehene ohne besondere Gefühlsausbrüche in sich auf. Der so fröhlich begonnene Ausflug endete jäh in einer für sie bis zu diesem Tage unbekannten Gegend. Nichts hatte sie zuvor in diese Gegend verschlagen. Toni erinnert sich heute nur noch vage an die Zeit davor. Er hatte die ersten Jahre seines

Lebens aus seinem Gedächtnis verdrängt. Waren wohl auch nicht so besonders gewesen, glaubt er zu wissen.

»Es war ein Tag im Sommer, ich glaube, es war im Juli 1965. Welcher Wochentag genau, daran kann ich mich heute beim besten Willen nicht mehr erinnern.« Seine Worte kommen nur bruchstückweise über seine Lippen, während er angestrengt nachdenkt. »Daran kann ich mich jedoch erinnern, dass mein Bruder und ich von den großen Schwestern begleitet wurden. Ich kann mich aber nicht daran erinnern, vorher schon einmal in einer Straßenbahn gesessen zu haben.«

Gemeinsam stiegen die drei Mädchen mit den beiden Buben aus der Bahn und überquerten die Straße an der Haltestelle Käfertal-Süd und bogen ein in die Dürkheimer Straße. Hier endete der Ausflug unerwartet und abrupt. Dort, etwa 200 Meter an der Ecke zur Kirchenstraße, lag ein lang gezogenes dreistöckiges Gebäude, das Ziel der kleinen jugendlichen Gruppe. Die beiden Kleinen waren fröhlich, ja gerade ungezwungen. Dafür verhielten sich die drei Schwestern bedeckt, je näher sie dem besagten Gebäude kamen. Keine Ausflugsstimmung! Sie vermieden jedes überflüssige Wort. Dieser Tag des Jahres 1965 war für Toni, wie schon gesagt, ein Wendepunkt in seinem Leben. Wie auf ein Kommando strich er alle Erinnerungen aus seinem Gedächtnis. Nichts aus den Tagen davor war geblieben. Als wäre er an diesem Tag erst geboren worden. Der Tag, an dem ihn seine Schwestern mit dem kleinen Chico hier in diesem Heim ablieferten, war ein Ende und sogleich der Anfang. Das lief alles ohne große Zeremonie ab. Für die drei Schwestern ein Segen. Ihnen fiel ein Stein vom Herzen, denn es fiel ihnen offensichtlich doch schwer, sich von den beiden Brüdern zu trennen. Ihnen war bewusst, was sie taten. Mit dem Bruder an der Hand stand Toni vor der etwas fülligen Oberschwester, die die kleine Gruppe in ihrem Büro empfing. Sie studierte das von Roswitha übergebene Einweisungsschreiben des Jugendamtes. Noch war keinem der Buben ein Licht aufgegangen. Doch der tiefe Seufzer, der über die Lippen von Chico gepresst in den Raum drang, verriet, wie gelangweilt der Junge war. Stille breitete sich aus im Raum. Die korpulente Frau verzog ihre Mundwinkel zu einer Art verächtlichem Ausdruck. Ihr Blick glitt dabei über den oberen Rand des Schreibens und fiel auf die beiden Jungs und dann nickte sie vielsagend. »Na, dir wird die Langeweile noch vergehen!« Spitz kam die Bemerkung herüber. Ihre Augen waren dabei auf Toni gerichtet, der sich jedoch keiner Schuld bewusst war. Was der Junge zu diesem Zeitpunkt noch nicht erahnen konnte, war die Tatsache, dass die Oberin ihn von nun an nicht mehr aus den Augen lassen würde. Dabei war Toni doch unschuldig gewesen. Nicht ihm war der Seufzer über Lippen gerutscht, sondern seinem Bruder. Na ja! War eben egal! Die Frau ging, ohne ein weiteres Wort zu verlieren, an den Schreibtisch und drückte dort auf einen schwarzen Knopf. Gleich darauf öffnete sich die Türe. Eine andere Ordensfrau kam ins Büro und wurde von der Oberin beauftragt, die Besucher mitsamt dem Neuzugang zu übernehmen. Die Anweisung lautete, den Begleiterinnen und den beiden Brüdern den Innenbereich des Hauses zu zeigen. Er war nicht gerade freundlich, der Blick, der die beiden Buben begleitete, als sie den Raum verließen. Diese auch in eine

Ordenstracht gekleidete Schwester führte daraufhin die Neuankömmlinge mit ihren Begleiterinnen durch das Haus. Sie gingen durch den Speisesaal. Schauten sich die Küche an und dann die Schlafräume. Die Nonne versprach Roswitha, die beiden Brüder in ein und dasselbe Zimmer zu legen. Roswitha zeigte sich besorgt um das weitere Wohlbefinden ihrer Brüder. Auch die Toiletten und die Waschräume durften sie besuchen und schließlich gar auch die Aufenthaltsräume. Für die Augen eines Kurzbesuchers war nichts Negatives zu registrieren. Dieses Haus schien eine Idylle zu sein. Noch ahnten die beiden Buben nicht, was auf sie zukommen sollte. Für einen Tagesausflug hatten sie es gehalten. Erst als sie durch das ganze Haus geführt worden waren und nun in dem Vorraum des Einganges standen, da wurde es auch ihnen klar. Noch nie waren sie für längere Zeit aus dem elterlichen Heim fort gewesen. Als sich die Schwestern von den beiden verabschiedeten, traten Tränen in ihre Augen. Begleitet von lautem Geheule, trennten sich die drei Mädchen von den beiden Jungen, und von der Ordensschwester aufgefordert, verließen sie eilig das Gebäude. Es wurde ihnen versprochen, dass sie am Wochenende nach Hause durften. Nur unter der Woche mussten sie im Heim bleiben. Damit wollte man ihnen den Abschiedsschmerz nehmen. Es war das erste Mal, dass sie für so lange Zeit von der Familie getrennt sein sollten. »Wartet nur«, meinte die Ordensschwester, »in ein paar Tagen habt ihr das schon vergessen und wollt am Ende gar nicht mehr fort.« Doch diese Versprechungen prallten im Augenblick ungehört an ihnen ab, wie die Regentropfen an einer Fensterscheibe. Zu groß war ihr Leid! Jedoch, jegliches Aufbegehren half nichts. Sie mussten sich dem Schicksal fügen. Da standen sie nun alleine herum, nur diese fremde Frau befand sich außer ihnen im Raum. Aus einem der angrenzenden Räume drang Kindergeschnatter. Auch dieses wurde von den beiden nicht wahrgenommen. Zu sehr waren sie mit sich selbst beschäftigt. Toni umarmte seinen Bruder und es schien, als wolle er ihm zu verstehen geben, dass, egal was von nun an geschehe, er ihn beschützen würde. »Keine Angst, mein kleiner Bruder, ich bin ja bei dir!«, so schien seine Geste zu sagen. Ein unausgesprochenes Ehrenwort. Für einen Außenstehenden ein herzergreifender Anblick. Da standen diese Dreikäsehochs und es war, als suchten sie sich mit der innigen Umarmung gegenseitig Schutz zu garantieren. Noch nie waren sie so ganz alleine in ihrem Leben gewesen. Bis zu diesem Tag hatten immer die größeren Geschwister auf sie achtgegeben und sie, wann immer, auch beschützt vor etwaigen Übergriffen der Nachbarskinder. Jetzt aber waren sie alleine. Die ersten Tage waren öde und leer. Es dauerte ein wenig, bis sie Anschluss fanden. Der kleinere Francesco war es dann auch, der sich als Erster an die neue Umgebung gewöhnte. Bald hatte er unter den anderen Kindern seine Spielkameraden gefunden. Toni brauchte dazu mehr Zeit. Dann war auch bei ihm der Bann gebrochen. Wie versprochen, durften Toni und Chico fast jedes Wochenende nach Hause. Doch erst nach den ersten vier Wochen. Am fünften Wochenende kam Herr T. persönlich vorbei, um seine Söhne abzuholen und nach Hause zu bringen. Nicht etwa, weil sich der Vater besonders um ihr Wohlbefinden Sorgen machte. Nein! Er machte sich

Sorgen wegen des Kindergeldes. Wenn er seine beiden Söhne am Wochenende nicht zu sich nahm, so hatte man ihm gedroht, würde ihm das Sorgerecht entzogen, und damit hätte er auch keinen Anspruch mehr auf Kindergeld. Diese Aussage hatte ihre Wirkung nicht verfehlt. Er musste sich daher eine Rüge ohne Widerrede gefallen lassen. Unter der Woche war es nicht möglich, da er ja zur Arbeit ging. Da waren die Jungs im Heim auch gut aufgehoben. Aber am Wochenende, da konnte sich Vater Paolo nicht herausreden. Am Wochenende solle er sich gefälligst um seine Söhne kümmern, wie es sich für einen anständigen Vater gehörte. Ja, ja, das liebe Kindergeld. Also nahm er die beiden von da an zu sich und verbrachte die meiste Zeit mit ihnen am Rhein beziehungsweise am Altrhein, wo er Regenwürmer badete, bis ein Fisch anbiss. Stundenlang saß er schweigend am Ufer im Gras und wartete, bis ein weiteres Opfer an der Leine zappelte. Mit dem Fang sparte er sich eine Menge Geld für Lebensmittel, vorausgesetzt, er fing eine stattliche Anzahl Fische. Währenddessen tollten seine beiden Söhne in der unmittelbaren Umgebung herum. Sie waren sich selbst überlassen.

»Damals aber machten wir uns keine Gedanken darüber«, erinnert sich Toni heute. Sie waren es vom Vater her nicht anders gewöhnt. Am Nachmittag ging es dann nach Hause. Meist mit einem Eimer voller Fische, die dann, trotz lautstarken Einwandes der Töchter, in der heimischen Badewanne eine Galgenfrist bekamen. »Damals mochte ich noch Fisch essen. Heute kann ich keinen Fisch mehr ausstehen!« Den Grund hierfür sieht Toni darin, dass er fast an einer Gräte erstickt wäre. Er erbrach sich und konnte sich so vor dem Erstickungstod retten. »Doch dies war nicht der auslösende Grund, warum ich heute keinen Fisch mehr mag. Der eigentliche Grund war, dass ich von den Nonnen dazu gezwungen wurde, das Erbrochene aufzuessen.« Dass dies mehr als ekelhaft war, muss nicht besonders betont werden. Alleine schon daran denken, und es dreht sich der Magen um. Da es jeden Freitag Fisch in irgendeiner Zubereitungsart gab, bekam Toni panische Angst, der Gräten wegen. »Ich hatte höllische Angst davor – das kann nur verstehen, wer sich schon einmal in solcher Lage befand.«

Doch nun wieder zurück zu den Wochenenden. Wie gesagt, hatten die Fische die Badewanne eingenommen. Für die nächsten Tage konnte sich so niemand im Hause der Familie T. einer Ganzkörperpflege hingeben. Für die noch in der elterlichen Wohnung lebenden Mädchen eine regelrechte Katastrophe. Paolo konnte nicht begreifen, warum seine Mädchen so ein großes Tamtam um das Baden machten. Toni und Chico hatten darunter nicht zu leiden. Auch Kurt, der ältere Bruder, nicht, denn der wohnte ja bei Oma und Opa. Im Heim gab es im Keller ein großes planschbeckenartiges Bad, in dem die Ganzkörperpflege der Kinder von den Ordensschwestern überwacht wurde. Da mussten dann auch jeden Freitag die älteren Kinder unter der Aufsicht einiger Schwestern die jüngeren Kinder waschen. Wohl hätten beide Brüder gerne darauf verzichtet, wenn sie hätten daheim bleiben dürfen. Aber das Jugendamt hatte zu ihrem Besten entschieden, wie es hieß. Chico fand sich damit ab, doch Toni war aus einem anderen Holz geschnitzt. Chico war eben in Tonis Augen noch ein kleiner Bub. Er, Toni selbst, aber empfand es als beschämend, vor den anderen nackt zu sein. Außerdem fand er es ungerecht, was da mit ihm geschah. Er war zutiefst traurig mit dem ihm aufgebürdeten Dasein. Heute würde man sagen: Der Junge war in eine tiefe Depression verfallen. Kurz und bündig: Er war krank! Doch zu der damaligen Zeit galt sein Verhalten als stur und dickköpfig. Diese Bockbeinigkeit musste gebrochen werden, und das mit allen Mitteln. Das war dann auch Grund, sich die eine oder andere Nacht gehen zu lassen. Nicht dass es ihm Spaß machte oder er zu faul war, des Nachts aus dem Bett zu steigen und das WC aufzusuchen, wie die Nonnen meinten. Er konnte nichts dafür und schämte sich selbst! Im Schlaf entleerte sich seine Blase, ohne dass er es bemerkte. Erst wenn das Bett nass und kalt wurde, fuhr er erschrocken aus dem Schlaf. Zu spät! Diese Tatsache war für sich alleine schon schlimm genug. Dafür gab es dann auch eine harte Strafe, wenn dies von der Nachtwache bemerkt wurde. Zu Tonis Leidwesen wurde es bemerkt. So musste er zur Strafe in das nasse Leinentuch gewickelt den Rest der Nacht im Treppenhaus stehen. Und dies immer und immer öfter.

»Das erste Mal, dass ich ins Bett machte, war nach der zweiten oder dritten Woche. Ich wurde jäh aus dem Schlaf gerissen. Verschlafen rieb ich mir noch die Augen, als mich die harte Rüge der Ordensschwester traf. Da erst bemerkte ich, dass mein Schlafgewand nass war. Ich war zu schlaftrunken, um zu verstehen, was da geschehen war. Wieso war ich nass? Aber darauf bekam ich keine Antwort. Sie zog mir das nasse Nachthemd über den Kopf und wickelte mich in das durchnässte und nach Urin stinkende Bettlaken. Dann führte sie mich nach draußen vor die Zimmertür, wo ich im zugigen Treppenhaus stehen musste. Damals ahnte ich nicht, wie groß die Gefahr war, mir eine Erkältung zu holen. Da stand ich nun wie ein begossener Pudel. Ich durfte mich nicht an die Wand lehnen, sondern musste frei im Raume stehen; dabei kämpfte ich gegen die Kälte und gegen den Schlaf an. Immer und immer wieder übermannte mich fast der Schlaf. Kurz vor dem Sturz zu Boden zuckte ich aus dem Sekundenschlaf, um gleich darauf wieder in einen solchen zu fallen. Es schien eine Ewigkeit zu dauern, bis es dann irgendwann draußen vor dem Fenster hell wurde. Für einen Erwachsenen ist es nicht gerade leicht, stundenlang auf der gleichen Stelle zu stehen, und dies in der Nacht, wenn man obendrein auch noch hundemüde ist. Jetzt stelle man sich vor, wie schwer das für ein vierjähriges Kind ist«, versucht Toni im Nachhinein seine Empfinden zu umschreiben. Er fühlte sich nach einer solchen Nacht wie gerädert. Einen faden Geschmack hatte er im Mund. Todmüde war er. »Die Beine taten mir weh«, erinnert sich Toni.

Doch das war nur ein Teil der Strafe. Am nächsten Morgen waren die Kinder, die ins Bett gemacht hatten, so dem hämischen Gelächter der anderen ausgesetzt. Das war der andere Teil der Bestrafung. Unvorstellbar, einer solchen Erniedrigung ausgesetzt zu sein! Er schämte sich in Grund und Boden. Durch diese Behandlung wurde Toni nur noch bockiger. Verständlicherweise. Da aber bekam er die Härte und Strenge der Frau Oberschwester erst recht zu spüren. Ihr durfte keines der Kinder auf der Nase herumtanzen. Sie besaß einen peitschenähnlichen

Stock, von dem sie bei solchen Gelegenheiten ausgiebig Gebrauch machte. Doch nicht alle im Heim lebenden Kinder verspürten Schadenfreude bei diesen Anblicken. Viele von ihnen erinnerten sich daran, gleiches Leid erfahren zu haben. Die älteren von ihnen suchten die so bestraften Mitbewohner später zu trösten, so gut es ging. Doch konnten sie die Übergriffe nicht verhindern, eher ein wenig lindern. Doch je bockiger Toni wurde, umso mehr und öfter tanzte diese Reitgerte auf seiner Schwarte herum. Das hinterließ selbstverständlich Narben auf seinem Körper. Viele Narben, die sich da im Laufe der Zeit ansammelten. Anfangs noch suchte Toni bei seinen Familienangehörigen Hilfe zu finden, wenn er am Wochenende zu Hause war, doch vergeblich. Er zeigte seinen Rücken und beklagte sich dabei. Niemand in der eigenen Familie nahm davon großartig Kenntnis. Jeder dort hatte seine eigenen Probleme. Nicht einmal der Vater wollte etwas von diesen Dingen hören. Er dachte nur an seinen Zeitvertreib. An das Fischen und an seine Freunde. Da wollte er sich nicht die Stimmung verderben lassen. Es war immer das gleiche Programm. Jedes Wochenende glich dem anderen. Für Paolo war es nur wichtig, dass sich die beiden kleinsten Söhne am Wochenende daheim befanden und er weiterhin das Kindergeld einstreichen konnte. Der Mann wollte einfach keine Klagen hören. Für ihn war die Bestrafung seines Sohnes zu Recht. Mit seinem Lohn und dem ganzen Kindergeld ging es ihm recht gut. Ausgaben hatte er so gut wie keine. Warum sollte er das aufs Spiel setzen und sich mit der Heimleitung und der Kirche anlegen? Er dachte nicht daran, in die Hand zu beißen, die ihn fütterte. So unterließ es

Toni dann auch, sich bei seiner Familie zu beschweren. Es hatte ja doch keinen Sinn. Die waren ja alle mit sich selbst beschäftigt!

Eines Tages, an diesen wird sich Toni wohl immer, sein Leben lang, erinnern, gingen einige Ordensschwestern auf den Jahrmarkt und nahmen die Kinder des Heimes mit. Eigentlich ein Glückstag, so sollte man meinen. Wie groß war die Freude gewesen, als die Nachricht zu den Ohren der Kinder drang. Ganz aufgeregt waren sie, die Heiminsassen, gewesen, als sie von dem Vorhaben erfuhren. Für das eine oder andere Kind war es der erste Jahrmarktbesuch seines Lebens. Eine Abwechslung in dem tristen Heimdasein sollte es sein. Es war einfach grandios. Unbeschreiblich, wie sich die Kinder freuten. Jedoch waren die älteren unter ihnen dazu verdonnert worden, den Schwestern zur Hand zu gehen und beim Waschen und Ankleiden der Jüngeren zu helfen Und danach, auf dem Weg zum Messplatz, auch auf die Kleineren achtzugeben. Eigentlich, so Toni, war es ganz normal, dass sich die Älteren um die Jüngeren kümmerten. Nachdem also alle landfein gemacht waren, ging es los. Mit der Straßenbahn erreichte die geschwätzige Truppe den Messplatz, in der Neckarstadt gelegen. Trotz der doch frühen Nachmittagsstunde wimmelte es dort nur so von Menschen. Der köstliche Duft von gebrannten Mandeln und anderen Süßigkeiten schwängerte die Luft, Lichterglanz und laute Musik hüllten den Jahrmarktsplatz ein. Das Riesenrad schien so enorm hoch in den Himmel zu ragen. Kaum zu fassen. Sehnsüchtig schauten sie zu, wie sich die verschiedenen Karussells im Takt der Musik drehten und drehten. Die Furcht einflößenden Figuren vor der Geisterbahn hinterließen bleibende Eindrücke bei den kleinsten der Kleinen. Wenn sie, die Kinder des Sankt-Josefs-Heimes, auch mit glänzenden Augen und offenen Mündern vor den Tausenden bunten Lichtern standen und letztendlich keines der sich ständig im Kreise drehenden Karussells besteigen durften, so waren sie doch glücklich. Die Kinder waren von einem anonymen Spender zu diesem Abenteuer, inklusive einer Bratwurst, eingeladen worden. Ob dies nun im Zelt von Koch oder Schneider stattfand, ist ihm heute nicht mehr bewusst. An eines Jedoch kann er sich auch heute noch erinnern, wenn auch mit etwas Wehmut. Man spürt in seinen Erzählungen, dass er dieses Erlebnis, aber auch dessen Ende bis zum heutigen Tage nicht überwunden hat. Als denn die Kapelle Heintje-Lieder anstimmte, hielt es Toni nicht mehr auf der Bank. Er krabbelte behände auf den Tisch hinauf, der ihm jetzt zur Bühne wurde, und trällerte lauthals den angegebenen Text mit. In seiner Stimme lag die Sehnsucht eines Kindes, das sich nach der Liebe der Mutter sehnte. Die Stimme hatte Schmelz. Dies blieb den Anwesenden nicht verborgen. Auch dem Kapellmeister nicht. Er holte den kleinen Sänger hoch auf die Bühne, gab ihm ein Mikrofon in die Hand und spielte mit seiner Band das ganze Repertoire des Jungen aus Holland ab. Der singende Knirps kannte alle, aber auch alle Lieder dieses Interpreten. Die Halle tobte. Für seinen Auftritt erntete Toni einen Riesenbeifall und einen Teddybären, der größer als er selbst war. Wildfremde Menschen waren von ihm und seinem Gesang begeistert. Noch nie in seinem Leben hatte er ein solches Geschenk erhalten, auch nicht zu Weihnachten. Artig bedankte er sich bei seinem Publikum und stieg von der Bühne herab, wohl begleitet von Hunderten Augenpaaren, die nicht alle trocken geblieben waren. Stolz ging er auf seine Erzieherinnen zu und drückte das zottelige Kuscheltier fest an sich. Er wehrte energisch ab, als eine der Schwestern ihm dieses aus den Armen nehmen wollte, da sie wohl glaubte, es sei ihm zu schwer. Es war sein Eigentum, mehr noch, es war sein verdienter Lohn. Tapfer trug der kleine Mann seine neue Errungenschaft nach Hause, ins Heim. Auch wenn es manches Mal so aussah, als wolle ihn die Kraft verlassen, hielt er bis zum Ende der Strecke durch. Das war ein gelungener Tag gewesen. Da würden der Vater und die größeren Geschwister aber Augen machen, wenn er mit seinem Teddy daherkam. Sie sollten sehen, was in ihm steckte. Nur für das Singen einiger Lieder hatte er einen solchen Lohn erhalten. Bald schon, in einigen Tagen, war wieder das lang ersehnte Wochenende da, dann würden sie es mit eigenen Augen sehen können. Nur noch ein paar Tage, dann war es so weit. Er wollte bis dahin die Stunden zählen. Ein Wochenende, wo er wieder zu Hause sein durfte, auch wenn es wie immer langweilig werden würde. Ein weiteres Wochenende, wo er aber dem Heim und den strengen Schwestern entfliehen konnte. Ganz am Anfang seines Heimaufenthaltes hatte er sich auf diese Tage in der elterlichen Wohnung noch gefreut. Er hatte sich den wöchentlichen Empfang zu Hause anders vorgestellt. Eben etwas herzlicher! Doch dies sollte für ihn ein unerfüllter Wunschtraum bleiben. Wer weiß, wenn die Daheimgebliebenen sehen würden, was er doch für ein ganzer Kerl war, würde sich das ja womöglich ändern. Nun, das kommende Wochenende würde es zeigen. Der Tag, an dem er dem Vater und den Geschwistern seinen neuen Freund mit Stolz in der Brust vorstellen konnte. Mit diesen Gedanken endete dieser aufregende Tag. Froh und zufrieden stieg er am Abend müde in sein Bett, jedoch nicht ohne seinen neuen zotteligen Freund. Er klammerte sich regelrecht an ihm fest. Ein traumvoller Schlaf umfing ihn und er genoss den zurückliegenden Tag im Unterbewusstsein noch einmal. Wie ein Film zogen die am Tag gemachten Eindrücke in seinen Träumen noch einmal an ihm vorbei. Ach, was war das doch für ein glücklicher Besuch gewesen. Kein Wunder, dass er sich zuerst einsam, nur mit seinem Teddy im Arm, auf dem Platz stehen sah, der sich allmählich füllte. Immer mehr und mehr Menschen kamen hinzu. Menschenmassen, die sich zwischen den Buden und Ständen befanden und sich mühevoll ihren Weg bahnten. Lauthals schreiende und auf ihre Attraktionen hinweisende Fahrensleute. Der Geruch von gegrilltem Fleisch und gerösteten Nüssen, Bonbons und bunte Zuckerstangen. Überall, wo man hinschaute, hingen mit Zucker verzierte Lebkuchenherzen an den Buden. Ein Stand mit Zuckerwatte, ein anderer mit Liebesäpfeln. Erdbeereis, Vanille und Schokoladeneis. Nebenan gab es belegte Fischbrötchen. Mittendrin stand wie verloren die Brezelverkäuferin. Da lief einem das Wasser im Munde zusammen. Kein Wunder also, wenn Toni im Schlaf schluckte. Das Karussell mit den bunt bemalten Pferdchen und den sich ewig im Kreise drehenden Autos und Motorrädern. Das hatte ihm ganz besonders gefallen. Wie groß müssen seine Augen gewesen sein, denn der dicke Mann am Kassenhäuschen hatte es wohl bemerkt. Mit einer Hand hatte er ihn gepackt und ihn mit Schwung in das Feuerwehrauto gesetzt, womit er dann eine Gratisfahrt erhielt. Er hatte als Einziger dort fahren können. Auch wenn es nur zwei schnelle Runden gewesen waren. Aber das spielte für ihn keine Rolle. Zwei Runden, die er sichtlich genoss und in denen er unaufhörlich die kleine über dem Fahrzeug hängende Feuerglocke ertönen ließ. Nicht aufgeregt und quirlig wie sonst üblich, sondern ruhig, mit festen Händen das Kuscheltier an sich gepresst, schlief er mit einem Lächeln auf den Lippen. Tief ging sein Atem. So bemerkte er nicht, wie ihm der neue Freund aus den Armen genommen wurde. Welche Enttäuschung war das am nächsten Tag, als er erwachte und sich verwundert die Augen rieb. Wo war sein Freund, der Bär? Aufrecht saß er in seinem Bett und konnte es nicht glauben. War der gestrige Tag am Ende nur eine Einbildung gewesen und hatte er alles nur geträumt? Es war ja nicht das erste Mal. Oft schon hatte ihm die Nacht einen Schabernack gespielt. Da war seine Mutter gekommen und hatte ihn aus den Händen dieser bösen Frauen gerissen, dann ihn und den kleinen Chico mit nach Hause genommen. Nach Hause in Sicherheit. In Sicherheit vor den Stockschlägen der Oberschwester und den Gemeinheiten der anderen Schwestern. Doch hatte es sich jedes Mal und letztendlich nur als einen geträumten Wunsch seinerseits herausgestellt. Die Mutter war dann doch nicht gekommen und die Enttäuschung wurde so von Mal zu Mal tiefer. Sollte es dieses Mal genauso gewesen sein? Sollte er wieder nur geträumt haben? Eine Falte bildete sich auf seiner Stirn.

Doch nach längerem Nachdenken und Grübeln war er felsenfest davon überzeugt, dass es sich nicht um einen bloßen Traum gehandelt hatte. Er war sich sicher, am gestrigen Tage einen Teddybären geschenkt bekommen zu haben. Einen Teddybären für eine Handvoll Heintje-Lieder. Das war also unumstößliche Tatsache. Da biss die Maus keinen Faden ab. Dieser Sache wollte er auf den Grund gehen. Der Bär gehörte ihm! Er wollte seinen zotteligen Freund mit den großen Kulleraugen wieder-haben. »Schwester, wo ist mein Bär?«, wollte er daher sogleich von der ersten Schwester wissen, die ihm an diesem Morgen über den Weg lief. »Was heißt hier DEIN BÄR?«, war die knappe, schnippische Antwort. Wenn er sich auch noch so erboste und sich nicht mit dieser Ant-wort zufriedengeben wollte, er sollte keinerlei Klarheit über den Verbleib seines Freundes bekommen. Man wollte ihm keine klare Antwort geben. Alles Fragen hatte also keinen Sinn. Im Gegenteil! Durch sein vieles Fragen lief er nur Gefahr, die Oberschwester zu verärgern und sich obendrein noch eine Tracht Prügel einzuhandeln. Keines der hier lebenden Kinder hatte irgendwelches Ei-gentum zu beanspruchen. Das war interne Vorschrift! Doch was interessierte ihn diese Vorschrift? Er wollte dieses nicht akzeptieren. Doch sie, die Vorschrift, galt auch für ihn. Da gab es kein Wenn und kein Aber. Er solle sich endlich damit abfinden! Das war die Antwort, die er letztendlich nach jedem Fragen bekam. Sicher hatte die Oberschwester seinen Teddybären an ein nicht im Heim lebendes Kind verschenkt. Dem Kind eines Gönners der Gemeinde. Zumindest glaubte Toni dies. Wenn nicht sie, wer sollte es dann gewesen sein? So fragte er sich. Sie aber hatte kein Recht, das zu tun! Der Teddy gehörte ihm, ihm ganz alleine. Daher fragte er immer und immer wieder nach seinem kuscheligen Freund. Die Antwort jedoch war und blieb die gleiche. Er wurde verständlicherweise von Mal zu Mal bockiger. Aber auch die Schwestern gerieten an den Rand des Zumutbaren. Hierfür erntete er einige missmutige Blicke, die nichts Gutes verrieten. Als es dann der Oberschwester zu Bunt wurde, ließ sie ihre Reitgerte auf seinem Hinterteil tanzen. Sie hatte sichtliche Freude daran. Das tat richtig weh! Doch erzielte es nicht den erwarteten Erfolg. Nicht bei Toni! Ganz im Gegenteil. Für die nächsten Tage und Wochen war somit das Verhältnis zwischen ihm und dem Personal wieder einmal getrübt. Er wurde daraufhin in dieser Zeit besonders hart angefasst. Wie schon so oft davor. Man glaubte, so seine Dickköpfigkeit zu brechen. Womit man ihm auch wortwörtlich drohte. Doch da hatten die sogenannten barmherzigen Schwestern die Rechnung ohne den Wirt gemacht. Je härter Toni angefasst wurde, desto uneinsichtiger zeigte er sich. Sein Dickkopf war nicht zu knacken. Dazu muss man aber auch die Tatsache in Betracht ziehen, dass sich einer der größeren Jungen, angespornt von Karl Mays »Winnetou«, diese originalgetreue Ausstattung gebastelt hatte, mitsamt dem reich verzierten Gewehr. Niemand machte ihm diese Habe streitig. Er durfte all die Gegenstände behalten. Hose, Hemd, die Mokassins, das Stirnband und die Silberbüchse. Einfach alles! Warum? Warum durfte dieser Junge Eigentum besitzen, während es anderen verboten war? Das war mehr als ungerecht! Toni musste feststellen, dass Vorschriften nicht immer und nicht für jeden galten. Was Toni nicht begreifen konnte, war die Tatsache, dass der Junge Eigentum besitzen durfte, während man ihm dasselbige verbot. Das war ungerecht!! Ausgesprochen ungerecht! Obwohl es für ihn schwer zu verstehen war, musste er sich damit abfinden. Doch nur widerwillig tat er dies. Die nächsten zwei Jahre vergingen wie gewohnt. Die Woche über im Heim, am Wochenende zu Hause. Alles nur, damit der Vater das Kindergeld weiterhin beziehen konnte. Keine Spur mehr von der Mutter. Sie hatte sich in Luft aufgelöst. Auch sprach niemand mehr von ihr. Alle hatten sie die Mutter vergessen, nur Toni nicht. Er zeigte es nicht so offensichtlich, doch tief in seinem Inneren, da brannte das Feuer der Sehnsucht nach der liebkosenden, schützenden Mutterhand. Er sprach mit niemandem darüber. Warum auch? Niemand würde ihn verstehen! Man würde ihn für eine Memme halten. Auch kleine Jungs sollten Stärke zeigen. Weicheier nannte man solche in geringschätzigem Ton. So ein Blödsinn! Was war daran so falsch, wenn man sich nach der Mutter sehnte? Zumal diese nicht greifbar war! Was würde er doch dafür geben, sie in seiner Nähe zu wissen. »Ach, Mutter!« Der tiefe Seufzer ließ seinen Herzschmerz nur erahnen. Ob er sie jemals wiedersehen würde? Ein Wunsch, den er ganz tief in seinem Herz begrub. Nur für sich allein behielt er ihn. Wie sehr hätte er sie doch gebraucht! Gerade in dieser Zeit, da fehlte sie ihm am meisten. Niemand sah die Narben, hinterlassen von der Reitpeitsche, auf seinem kleinen geschundenen Rücken. Aber Mutter hätte sie ganz bestimmt gesehen, doch die anderen Familienmitglieder hatten hierfür kein Auge.

Toni kam in die Schule. Er war bereits sechs Jahre alt geworden und damit für reif genug befunden, die Schulbank zu drücken Mit einer Wundertüte im Arm und dem Ranzen eines Erstklässlers auf dem Rücken trat er durch das Portal der Albrecht-Dürer-Schule in sein Klassenzimmer im ersten Stockwerk. Am äußersten Ende des großen Korridors lag sein Klassenzimmer. Gleich neben dem Zimmer des Rektors, Herrn Sieber. Ein untersetzter, etwas kleiner Herr im Nadelstreifenanzug und mit Krawatte. Immer war er korrekt gekleidet und machte einen sehr strengen Eindruck. Kein Lächeln zeigte sich in seinem runden, rotbackigen Gesicht. Wie aus Stein gehauen war sein Antlitz. Unheimlich! Es hatte etwas Böses, gar Herzloses an sich. Das Klassenzimmer wurde durch mehrere große Fenster hell erleuchtet. Genau ausgerichtet reihten sich Tische und Stühle aneinander. Auf einem davon nahm Toni Platz. Man konnte es schüchtern nennen. Gleich in der vordersten Reihe in der Nähe der Fensterfront. Sein Blick schweifte durch den Raum und er nahm all die neuen Eindrücke in sich auf. Dann überflog er die Gesichter seiner Klassenkameraden. Suchte darunter vergeblich ein ihm bekanntes. Keiner aus dem Heim war mit ihm eingeschult worden. Also alles Fremde, stellte er mit einer gewissen Trauer fest. Seine ersten Eindrücke von diesem sogenannten neuen Lebensabschnitt, sollten daher nicht die Besten sein. Alles war so groß und Mächtig. Angst einflößend wirkte es auf ihn. Jeden Laut hörte man im ganzen Gebäude. Der Geruch von Bohnerwachs strömte durch alle Gänge des Schulhauses. Der Bodenbelag aus Linoleum spiegelte sich im Schein des durch die großen Fenster fallenden

Tageslichtes wider. Glatt wie eine Eisbahn. Dieser Anblick lud zum Dahingleiten ein. Wie im Winter auf einer vereisten Bahn. Doch nur die Schüler aus den höheren Klassen taten es. Die Erstklässler trauten sich nicht. Dies jedoch nur in den ersten Tagen. Dann schlitterten auch sie über den mit Bohnerwachs präparierten Linoleumboden. Niemand, einfach niemand der Schüler konnte der Versuchung widerstehen. Überall zeigten sich die Schleifspuren auf dem Boden, ganz zur Freude der Kinder und wiederum zum Ärgernis der Putzfrauen. Unzählige Male erklang so die Stimme einer Lehrerin oder eines Lehrers, nicht über den Boden zu schlittern, sondern die Füße zu heben. Was sich jedoch als vergebliche Mühe herausstellte. Wenn sie, die Putzfrauen, dann gegen Abend kamen, waren sie gezwungen, Säcke voll Sägespäne, getränkt mit flüssigem Bohnerwachs, dagegen einzusetzen. Mit schweren Bohnern brachten sie die Flure wieder auf Vordermann. Doch das auf Hochglanz gebrachte Schulgebäude lud die Kinder immer wieder aufs Neue zum Darüber-hinweg-Gleiten ein. Anfangs war es eine Gaudi, doch im Laufe der Zeit wurde es zur Gewohnheit. Der Spaßfaktor war dahin. Wohl werden es die Kinder heute noch tun, immer noch von den Lehrern hierbei ermahnt, sich wie zivilisierte Menschen zu bewegen. Toni hatte sich derweil mit einem Klassenkameraden angefreundet. Michael Sch. hieß der Bub. Beide saßen Seite an Seite und nach dem Unterricht nahmen sie gemeinsam den Weg nach Hause. Sie mussten in die gleiche Richtung, hatten den gleichen Heimweg. Nur wohnte dieser Junge nicht wie Toni im Heim, sondern bei seinen Eltern und Geschwistern. Ein schönes und großes frei stehendes Haus mit einem herrlichen Garten drum herum war dessen Zuhause. Drei Brüder waren es, fast im gleichen Alter wie Toni. Außer dem Michael waren da noch der Norbert und dann der Gerhard. Alle drei verstanden sich auf Anhieb mit Toni. Im Laufe der Zeit wurde die Freundschaft immer enger, und so verbrachten die vier gemeinsam die Nachmittagsstunden. Frau Sch. kümmerte sich darum, dass nach dem gemeinsamen Mittagessen zuerst die Hausaufgaben gemacht wurden. Danach durften die drei Brüder zum Spielen auf die Straße. Anfangs noch ging der kleine Toni brav, wie es sich gehörte, nach Schulschluss ins Heim. Auch hier wurde zu Mittag gegessen. Im Anschluss dann, unter Aufsicht einiger Schwestern, wurden die Hausaufgaben erledigt. Danach durften die Heimkinder zum Spielen hinaus. Hinaus auf die Straße. So kam es, dass sich die vier dort auch trafen. Immer enger wurde das Freundschaftsverhältnis. Die Sch.-Jungen und er spielten gemeinsam auf einem weiten Gelände nahe dem Zaun zur amerikanischen Spinelli-Kaserne. Meist spielten sie dann Cowboy und Indianer. Die Soldaten dieser Kaserne hatten sich der Patenschaft für das Heim angenommen. Daher war es zur Gewohnheit geworden, dass diese den Kindern immer wieder kleine Aufmerksamkeiten schenkten. Groß war die Überraschung immer zu Weihnachten. Da gab es in allererster Linie etwas für das Haus, dann für die ach so lieben Schwestern, allen voran der Oberin und dann am Ende auch etwas für die Kinder. Besondere Freude machten die Besucher den Kindern, wenn es Schokolade und Kaugummi gab. Wer von den Kleinen konnte da schon widerstehen? Aber auch sonst zeigten sich die Amerikaner gebefreudig. Da sich die Heimkinder nun tagtäglich auf diesem Gelände nahe der Kaserne aufhielten, kam es auch immer wieder zu Begegnungen mit Wachposten. Dort auf der gegenüberliegenden Seite des Zaunes befand sich ein ausgedehnter Abstellplatz für Militärfahrzeuge jeglichen Kalibers. Auch schwere Panzer. Mit einem davon machte Toni eines Tages eine unliebsame Bekanntschaft. Aber das war später. Ein weit ausgedehntes, unübersehbares Areal war das. Da konnten die Uniformierten es auch mit ihrem Wachauftrag etwas lockerer angehen lassen. Die Jungen und Mädels verwickelten die GIs in atemberaubende Unterhaltungen, die jedoch immer wieder ins Stocken kamen. Das lag eben daran, dass den einen die Sprache der anderen nicht geläufig war. Aber wo die Zunge nicht ausreichte, um sich zu artikulieren, mussten Hände und Füße herhalten. Wenn den Männern in Grün diese Art von Unterhaltung dann doch zu anstrengend wurde und sie sich entfernten, blieben Toni und seine Kameraden doch immerhin mit einigen Trophäen zurück. Irgendwelche militärischen Abzeichen oder auch Teile der Ausrüstung gingen so in ihren Besitz über. Mit kindlicher Hartnäckigkeit hatten sie letztendlich die Männer überredet. Wie man ja bekanntlich weiß, können so kleine Gören recht nervig sein. Und sie setzen sich durch. Sind willensstark! Dadurch entstand eine regelrechte Sammelleidenschaft. So wie andere Abziehbilder oder Akim-Heftchen horteten, war es unter ihnen Brauch, diese Art von Errungenschaften zu tauschen. So besaß ein jeder von ihnen etwas Eigenes. Ganz besonders stolz darauf war natürlich Toni, da er den strengen

Schwestern nun doch noch ein Schnippchen schlagen konnte. Schadenfreude machte sich in ihm breit, und doch blieb ein bitterer Nachgeschmack. Hatten sie sich seines Teddybären bemächtigt, so sollten sie jedoch seiner jetzigen Errungenschaften nicht habhaft werden. So schwor er sich. Er ließ seine Sammlung in den Händen seiner drei Freunde. Dort war diese gut aufgehoben. Mit der Zeit wurde auch die Freundschaft zu den Sch.-Brüdern so eng, dass er von deren Eltern fast wie ein eigener Sohn behandelt wurde. Er ging dort ein und aus, als wäre er ein Mitglied der Familie selbst. Der erste Weg nach der Schule führte ihn nicht mehr, wie gewohnt, ins Heim, sondern ins Haus der Familie Sch., wo er mit den Hausbewohnern gemeinsam das Mittagessen einnahm. Danach saß er mit den anderen am Küchentisch, wo er unter der Aufsicht von Frau Sch. die Hausaufgaben für den nächsten Tag machte. Da sich Frau Sch. sich sehr viel Mühe gab, wurde aus Toni fast ein kleiner Musterschüler. Ja, es war wirklich dieser Frau zu verdanken. Auch dem Klassenlehrer, Herrn Wacker, war die schulische Leistungssteigerung von Toni aufgefallen. Seine tägliche Abwesenheit im Sankt-Josefs-Heim jedoch wurde gar nicht gerne gesehen. Nach Schulschluss ging er, statt ins Heim, mit den Sch.-Brüdern direkt zu deren Haus, aß dort zu Mittag, machte gemeinsam mit ihnen die Hausaufgaben und spielte mit ihnen am Nachmittag auf der Wiese an der Kaserne. Gemeinsam durchstreiften sie die nähere Umgebung des Heimes. So wollten sie die große, weite Welt entdecken. Trotz der erbrachten schulischen Leistungen wollte man ihn daher trotzdem zwingen, den Umgang mit der Familie Sch. einzustellen.

Der Einfluss, den sie auf ihn ausübten, wurde von der Oberschwester missbilligt. Besonders abstoßend für die Nonnen war die Tatsache, dass es sich bei dieser Familie um eine recht liberale Gemeinschaft handelte. Gottesfürchtig, das waren sie wohl, aber eben keine Kirchgänger, wie man sie sich wünschte. Daher wurde jede Annäherung zu diesem Personenkreis untersagt. Zuerst nur von verbalen Zurechtweisungen begleitet. Bei fortfahrendem Nichteinhalten dieser Anordnung ließ die Frau Oberin dann auch ihre Reitpeitsche auf seinem Rücken tanzen. Dies geschah sehr oft. So kam eine Narbe zur anderen. Anfangs tat es noch weh und Toni schrie vor Schmerz, was die Nonne nur dazu bewog, noch kräftiger zuzuschlagen. Ein gemeines Biest war diese Frau. Das war am Anfang nur. Später dann biss er die Zähne zusammen und unterdrückte die Tränen, als auch jegliches Wehklagen. Das wiederum wurde ihm als Dickkopf ausgelegt, den sie ihm schon noch brechen würde. Da hatte sie sich aber sehr viel vorgenommen. Oft wurde er überdies auch für Dinge bestraft, an denen er schuldlos war. Besonders jedoch, wenn sein kleiner Bruder Chico etwas angestellt hatte. Dann stellte er sich mutig vor den Bruder hin und nahm alle Schuld auf sich. Manches Mal gar, ohne den genauen Sachverhalt zu kennen, aber er hatte seinen Angehörigen daheim versprochen, auf den kleinen Bruder achtzugeben, so gut er konnte. Da gehörte es auch dazu, ihn vor der Bestrafung durch eine der Schwestern oder vor den anderen Heimkindern zu schützen. Das Zusammenleben mit den anderen Heimkindern stellte sich weniger problematisch dar als anfangs befürchtet. Der kleine Bruder hatte bei dem ältesten der Jungen eine Art Beschützerinstinkt geweckt. Dadurch musste sich Toni weniger um Chico kümmern. Dabei hatte er ja auch genug mit sich selbst zu tun. Seine Dickköpfigkeit war beispiellos. Anfangs blieb es bei den einen oder anderen Peitschenhieben. Als Toni es jedoch ablehnte, im Gebet Gott für dessen Liebe und Großzügigkeit zu danken, da blieb es nicht nur bei der Züchtigung mit der Peitsche.

»Auf Maiskörnern musste ich nicht knien. Nein! Aber es gab andere Methoden, ein Kind innerlich zu zerbrechen«, erinnert sich Toni mit Widerwillen. Jetzt lernte er noch eine weitere perverse Seite dieser frommen Gottesdienerinnen kennen. Er lernte den Keller kennen. Keinen normalen Keller, wie man ihn sonst so kennt. Nein! Das war ein ganz besonderer Keller. Ein geheimer unterirdischer Raum, der einer Gefängniszelle ähnelte, jedoch keine Fenster besaß. Auch Licht gab es für ihn keines. Wenn man sich und seine Augen anstrengte, konnte man auch im Dunkeln die Trostlosigkeit des Raumes wahrnehmen. Da war es gar gut so, wie es war. Andernfalls wäre die Verzweiflung nur noch größer gewesen. Doch es kam noch schlimmer. In diesem Raum befand sich ein Verschlag aus Holz. Dieser Verschlag ähnelte eher einer Kiste. Länger im Heim lebende Jungen und Mädchen hatten mit dieser bereits Bekanntschaft gemacht. Sie nannten sie die Büßerkiste. Hierin wurde Toni trotz heftigen Flehens eingesperrt. Noch heute, nach so vielen Jahren, leidet er unter dieser Bestrafung. »Platzangst überkommt mich jedes Mal, wenn ich mich in einem kleinen Raum eingepfercht fühle.«

Dann erzählt er weiter. Viel Zeit war ihm damals nicht

geblieben, um sich alle Einzelheiten seiner neuen Umgebung einzuprägen. Kaum war er in die Kiste gestoßen und diese fest verriegelt worden, da ging auch schon das Licht aus. Die Einsamkeit wurde nur ein einziges Mal am Tage unterbrochen. Zu der einzigen Mahlzeit eben, die einem hier Inhaftierten zustand. Dabei konnte er auch seine Notdurft verrichten. Musste er auf die Toilette, so blieb ihm also nichts anderes übrig, als bis zu der Einnahme der Mahlzeit zu warten. Ansonsten blieb der kleine Junge alleine in seinem Kerker. Wie bereits erwähnt, ohne Licht! Auf engstem Raum eingepfercht. Stunde um Stunde saß er so, in Dunkelhaft. Angst beflügelte seine Gedanken. Alles Mögliche ging ihm durch den Kopf. So glaubte er zu spüren, wie ihm eine Ratte über die am Boden ausgestreckten Beine huschte. Dann glaubte er aus der Ferne das Wehklagen eines Kindes zu hören. Angestrengt lauschte er jedem Geräusch. Erschrocken zuckte Toni zusammen, als Kratzgeräusche an seine Ohren drangen. Ein wahres Martyrium war das hier. Kein Wunder, dass sein kleiner Körper wie Espenlaub zitterte. Er begann sich ernsthaft zu fragen, ob es wirklich einen Gott gab und warum ihn dieser schon in seinem jungen Leben so hart bestrafte. Welche Schuld hatte er, dass sich seine Eltern getrennt und seine Mutter von zu Hause ausgerissen war? Damals war er zu klein gewesen, um die Hintergründe zu verstehen, und zudem hatte man ihm auch die Einzelheiten nicht erklärt. Ihr Fortgang, ja, das war doch auch der einzige Grund, warum er nun im Heim gelandet war. Also war es seine Mutter, die Schuld hatte. Nicht er! Sie war schuldig, dass er von diesen bösen Nonnen drangsaliert und wie ein Schwerverbrecher in einem schwarzen Loch gehalten wurde. Am Anfang heulte er vor Schmerz, doch bald trat Wut an die Stelle des Wehklagens. Es fiel ihm Schwer, sich diese Tatsache einzugestehen. Sie, seine geliebte Mutter, sie hatte ihn im Stich gelassen. Es ist nicht einfach, so etwas als wahr zu akzeptieren. Besonders für ein kleines Kind! War doch die Mutter die erste Bezugsperson im Leben eines solchen. Die, von der man Schutz und Geborgenheit erwartet. Die geliebte Mutter, auf die man nichts Schlechtes kommen lässt. Er hatte mehr Zeit, darüber nachzudenken, als ihm lieb war. Nur zäh verrannen die Stunden, bis der kleine Kerl dann endlich aus seinem Verlies entlassen wurde. Aber wenn die Schwestern glaubten, jetzt hätten sie seinen Willen gebrochen, so zeigte sich bald, dass sie einem Irrtum verfallen waren. Ganz im Gegenteil. Toni weigerte sich unwiderruflich, im Gebet, wie verlangt, die Güte Gottes zu preisen. Nein, nein und abermals nein! Das war keine Güte, die ihm widerfuhr! Das war der Zorn dieses alten Mannes da droben im Himmel. Ein für ihn ungerechter Gott! Er, der Allmächtige, musste es doch wissen. Wie konnte dieser ein solches Unrecht zulassen? Toni wollte diesem Gott von nun an keinen Dank mehr zollen! Das nahm er sich vor und setzte die Gedanken in die Tat um. Dafür bekam er dann die ganze Güte der Schwestern zu spüren. Von nun an überwogen die schlechten Zeiten. Letztendlich wurden die Prügelattacken so heftig, dass sich Toni seinem Schulfreund Michael anvertraute. Er berichtete diesem, was ihm im Heim widerfuhr. Sein Oberkörper war ein untrüglicher Beweis für die Richtigkeit seiner Erzählung. Auf seinem kleinen Rücken war kein heiler Fleck mehr zu sehen. Eine Narbe reihte sich an die andere. Die einen waren schon lange verheilt, während sich auf den nächsten Schorf gebildet hatte. Diese wurden nun von noch blutigeren Striemen aufgerissen. Wortlos, mit offenem Munde betrachtete Michael den ihm offenbarten total zerschundenen Körper des kleinen Freundes. Toni schämte sich seines zerschundenen Körpers so sehr, dass er immer mit Hemd oder T-Shirt bekleidet war. Sogar im Sommer, wenn die anderen Kinder mit freiem Oberkörper herumliefen. Auch litt er danach sein Leben lang unter Raumnot. Schuld daran waren die Stunden, Tage und Wochen, die er in der Büßerkiste hatte verbringen dürfen. Dies nur nebenbei erwähnt! Nach Schulschluss rief Michael seine beiden Brüder zu sich und gemeinsam berieten sie, wie man Toni helfen könnte. Da musste nicht lange beraten werden. Es war auch schon gleich eine Lösung gefunden. Gerhard, der Älteste von ihnen, übernahm die Planung dessen, was von nun an geschehen sollte. Die drei Brüder richteten auf dem Speicher des elterlichen Hauses eine Ecke für Toni ein. Jeder von ihnen trug etwas dazu bei! Der eine opferte seine Wolldecke, der andere sein Kissen, der Nächste besorgte einen Nachttopf für besondere Fälle. Für die Jungen war das alles ein Abenteuer. Auch für Essen und Trinken war gesorgt. Da die beiden Elternteile der Sch.-Brüder arbeitstätig waren und schon frühmorgens das Haus verließen, fiel diesen gar nicht auf, dass sich unter ihrem Dach ein weiterer Mitbewohner befand. Da es der Frau des Hauses bekannt war, dass sich der kleine Freund ihrer Söhne am Mittagstisch beteiligte, kam es nicht merklich zu weiteren Mehrausgaben. Obwohl Toni, wie alle Jungen in seinem Alter, ein guter Esser war und heimlich weiter verpflegt wurde. Er machte sich keinerlei Gedanken darüber. Kein einziges Mal wurde ihm am Tisch das Essen verweigert. Auch die Vorratsbeschaffung verlief für die Erwachsenen unbemerkt. Herr Sch. arbeitete bei der Stadtreinigung. Der Mann schien gut zu verdienen. Er ging schon früh am Morgen aus dem Hause und kam erst am Abend zurück. Frau Sch. dagegen ging später als dieser aus dem Hause. Erst nachdem sie das Frühstück für ihre drei Buben gerichtet hatte. Sie kam schon am Mittag wieder ins Haus und ging gegen abends nochmals weg. Sie hatte irgendwo eine Putzstelle angenommen. Eine gute Stelle, wie sie des Öfteren von sich gab. Immer kam sie mit einem prall gefüllten Einkaufsnetz nach Hause. Zu essen gab es also im Überfluss. Wie gesagt, fiel es diesen daher nicht auf, dass sich ein Kuckuckskind in ihrem Nest befand. Nur der Heimleiterin und den Ordensschwestern fiel es auf, dass das Bett, des kleinen Toni über mehrere Nächte hin unberührt blieb. Die Tatsache, dass er trotz Verbotes immer noch bei den Nachbarn zu Mittag aß, hatte man letztendlich hingenommen. Aber dem Heim gänzlich fernbleiben, dies konnte und durfte nicht hingenommen werden. Schließlich war die Heimleitung dem Jugendamt gegenüber verantwortlich. Sein Wegbleiben wurde nicht sofort bemerkt. Erst einige Tage später. Groß war also die Aufregung! Hektik machte sich breit. Nach der Befragung der Zimmernachbarn, die negativ verlief, wurde eine ausgedehnte Suchaktion gestartet. Auf die Frage, ob sich Toni bei Frau Sch. im Hause aufhielt, verneinte diese Wahrheitsgemäß, total ahnungslos. Doch wie ein Blitz schoss es ihr durch den Kopf. Aber auch die Befragung ihrer Söhne verlief mit negativem Ergebnis. Dafür bestätigte Tonis Lehrer aber, dass der Gesuchte dem Unterricht gefolgt und diesem nicht ferngeblieben war. So versuchten die Nonnen den Ausreißer am Schulausgang abzufangen. Sie mussten nur abwarten, bis die Schulglocke zum Unterrichtsende läutete. Die kindliche Unerfahrenheit hatte es zugelassen, dass Toni wie gewohnt von seinem Freund und Klassenkameraden Michael begleitet zur Schule ging, so als wäre alles in bester Ordnung. Beim ersten Mal also hatten sie, die Schwestern, somit Glück gehabt! Sie mussten also nur am Schulhoftor auf ihn warten. So brachten sie den sich mit Händen und Füßen wehrenden Jungen schneller als erwartet zurück in die Obhut des Heimes. Wieder bekam er die Reitpeitsche der Oberin zu spüren. Unbarmherzig schlug diese zu. Der ganze in ihr aufgestaute Ärger schaffte sich einen Ausweg. Danach sperrte man ihn, wie gehabt, in den dunklen, kalten Keller, in die berüchtigte Büßerkiste. Doch das sollte ihm eine Lehre sein. Beim nächsten Mal würde er es schlauer anstellen. Das sollte ihm eine Lehre gewesen sein. Der vor Schmerz brennende Rücken war ihm Garant hierfür. Am nächsten Tag wurde Toni von einer Novizin zur Schule begleitet und nach dem Unterricht wieder abgeholt. Die Heimleitung war darauf bedacht gewesen, den Unterricht nicht zu unterbrechen, zumal die schulischen Leistungen ihres Sorgenkindes geradezu ideal waren. Unvorstellbar! Dieses Mädchen also, an deren Namen er sich heute nicht mehr erinnern kann, nahm ihren Auftrag sehr ernst. Sie ließ den Jungen keinen Moment aus den Augen. Womöglich hatte man ihr eingeschärft, wie wichtig dieser Auftrag war. Nicht nur für das Heim, sondern auch für sie persönlich. Ihre Hand umklammerte die seinige, als wäre sie ein Schraubstock. Anfangs war sie überdies auch recht wortkarg, als hätte sie Bedenken, ihm damit zu nahe zu kommen. Bald jedoch zeigte sie sich von ihrer wahren Seite. Sie war eine kleine Plaudertasche. Beide quasselten hemmungslos und unbesorgt aufeinander ein und verloren dabei die Scheu voreinander. Das zeigte, wie unverdorben und ehrlich beide im Grunde waren. So kam es, dass auch der kleine Michael die beiden bis zur Straßenecke begleitete, wo sich leider ihre Wege trennten. Ganz zur Trauer der beiden Jungen. Zu dieser Zeit geschah es auch, dass Pierre Brice zu Besuch ins Heim kam. Ja, der leibhaftige Winnetou-Darsteller stand vor ihnen. Er hatte davon gehört, dass einer der Jungen, angeregt von den Karl-May-Büchern und deren Verfilmungen, das komplette Outfit von ebendiesem Winnetou hergestellt hatte. Das war eine Riesengaudi. Halb Mannheim war, wie schon erwähnt, damals auf den Beinen, um den Darsteller dieser Rothaut zu sehen. Doch er war gekommen, nur um sie, die Heimkinder, zu sehen. Das war einer der schönen Momente in Tonis Leben als Heimkind. Leider hatten sein kleiner Freund Michael und dessen Brüder nicht ins Heim kommen dürfen, um Winnetou persönlich zu sehen. Gerne hätte Toni es dem Michael ermöglicht, doch es durfte nicht sein. Die Oberschwester war strikt dagegen und verbot es ihm auf sein Fragen hin energisch. Dieser Drachen war eine ausgesprochene Spaßbremse. Somit war dieses Erlebnis nur die Hälfte wert. Doch Michael und seine

Brüder hatten die Ankunft und die Abfahrt des Stars auch so beobachten können. Eben von der gegenüberliegenden Straßenseite aus. Von dort aus winkten sie sich unter den argwöhnischen Blicken der Oberin zu. Ein unbeschreiblicher Trubel war das! Rund um das Heim waren alle Straßen von Schaulustigen verstopft. Der Aufenthalt dieses Mannes dauerte nur kurze Zeit. Viel zu kurz für die Jungen und Mädchen. Eine Werbekampagne. Ein Star und ein Haufen elternlose Kinder. So etwas kommt eben immer gut an. Er hatte erreicht, was er wollte: Aufsehen erregen, danach war wieder alles beim Alten. Es vergingen einige Wochen und die drei, Michael, Toni und die angehende Ordensschwester, hatten sich so aneinander gewöhnt, dass es ihnen schwerfiel, sich auf die neue Situation einzustellen, als Tonis Begleitschutz letztendlich von höherer Stelle abgezogen worden war. Die kleine Plaudertasche fehlte ihnen! Man war sich wohl sicher, dass Toni den Nachhauseweg von nun an selbst finden würde. Die nächsten Tage vergingen gar vergnügt und heiter, ohne Zwischenfälle. Der sonst so aufmüpfige Zögling verhielt sich so, wie es gewünscht wurde. Nur mit dem Beten klappte es nicht so. Für die persönlichen Ansichten Tonis wollte man eben kein Verständnis zeigen, während man im Augenblick mit seinem Benehmen überaus zufrieden war. Nach dem Schulunterricht kam er, zwar mit einigen Minuten Verspätung, doch immer wieder im Heim an. An der Kreuzung legten die Jungs noch einen Stopp ein, denn sie hatten sich ja immer noch etwas Wichtiges zu sagen. Letzten Endes sah es so aus, als hätte er nun doch seine Lektion gelernt. Die Schwestern schauten Toni daher mit wohlwollenden Blicken an. Auch die Schwester Oberin lehnte sich beruhigt in ihrem Ohrensessel zurück. »Na endlich!«, schien ihr tiefer Seufzer zu sagen. Eigentlich hatte sich Toni auch wirklich vorgenommen, ein braver Junge zu werden. In Wirklichkeit war er ja gar nicht so ein böser Bube, wie von der Heimleiterin angenommen. Aber mit den starken negativen Umwelteinflüssen hatte Toni letztlich gar nicht gerechnet. Sie wollten ihn nicht in Ruhe lassen und hielten ihn in ihrem Bann. Schon zogen wieder dicke Wolken am Horizont herauf. Diese versprachen nichts Gutes. Da hatte sich die Frau Oberin doch etwas zu früh gefreut. Schon am darauffolgenden Sonntag war die gute Laune der Heimleiterin bereits wieder am Ende. Toni hatte sich geweigert, am Kirchgang teilzunehmen. Es war im Heim eben Brauch, jeden Sonntag in die Kirche zu gehen, und an diesem Brauch hielten die Ordensschwestern fest. Letztendlich gehörten Heim und Kirche zueinander! Toni fühlte sich durch den Pastor hintergangen, da dieser den Schwestern mitgeteilt hatte, dass er sich bei früherer Gelegenheit über deren strenges Verhalten beklagt hatte. Toni hatte gehofft, bei seinem Beichtvater Verständnis und Hilfe zu finden. Doch dieser hatte seine Klage schmählich verraten. Natürlich hatte er jetzt bei den Denunzierten schlechte Karten. Daher verachtete er diesen Mann und wollte nicht mehr in die heilige Messe und auch nicht mehr zur Beichte. Dies war also der Grund seiner Weigerung, der jedoch bei den Nonnen auf unfruchtbaren Boden fiel. Schon wieder setzte es daher die Prügelstrafe. Doch kaum war auch dieser Vorfall vorüber, aber nicht vergessen, da kam es auch schon zum nächsten Ärgernis. Der kleine Chico hatte, was strengstens verboten war, im Flur des Hauses Ball gespielt. Das größere Unglück jedoch waren die Glasscherben, die da zum Teil auf dem Boden und draußen vor dem Gebäude auf dem Rasen lagen. Er hatte es nicht mit Absicht getan. Eigentlich war Chico an dem Unglück in keinster Weise schuld gewesen. Einer der größeren Jungs hatte den Ball auf ihn zugekickt und der kleine Bruder hatte sich ungeschickt zur Seite gedreht und mit seinem Fuß dem Ball die fatale Richtung gegeben. Mit einem ohrenbetäubenden Krach flogen die Splitter der großen Scheibe nur so durch die Gegend. Zum Glück war niemand durch die herumfliegenden Glassplitter verletzt worden. Aber der Schrecken saß allen Beteiligten im Nacken. Erstarrt von dem Geschehnis, stand der kleine Chico mit weinerlicher Miene da und schaute Hilfe suchend zu Toni herüber, denn ihm schwante Böses. Im Nu schon waren alle Nonnen herbeigeeilt und gemeinsam mit den anderen Heimkindern bildeten sie einen Kreis um den ängstlich dreinschauenden Unglücksraben. Als die Oberschwester hinzukam, wurde es so still wie in einem Grab. »Wer war das?«, schrie sie mit harscher Stimme. Ihr hochroter Kopf verriet, dass sie außer sich war vor Wut. Chico zögerte mit der Antwort. Ihm war sichtlich angst und bange! Seine Augen verrieten dies. Toni aber hatte den Vorfall beobachtet und wusste genau, wer der wahre Übeltäter war. Ein auffordernder Blick traf den wahren Übeltäter, der jedoch keinerlei Anstalten erkennen ließ, sich seiner Verantwortung zu stellen. »Ich frage nur noch ein einziges Mal«, dröhnte ihre aufgebrachte Stimme durch das gesamte Haus. Doch Verrat kam für Toni nicht infrage!

Nicht für ihn, aber auch nicht für die anderen. Keiner würde es tun! Doch nun sollte Chico dafür bestraft werden? Bestraft für eine Sache, an der er nicht schuld war! Mit diesem Gedanken konnte sich Toni nicht anfreunden. Eine beängstigende Stille erfüllte den Raum, in dem die Spannung auf den Höhepunkt zusteuerte. Um die drohende Strafe von seinem Bruder abzuwenden, trat Toni beherzt vor die Oberschwester und sagte mit fester Stimme: »Ich war es.« Ein unterdrücktes Seufzen ging durch die Menge. Die Augen der Angesprochenen verfinsterten sich und nahmen die Form von Schlitzen an. »Du schon wieder!« Fassungslos starrte sie ihn mit einem nichts Gutes verheißenden Blick an. Dann ging alles recht schnell. Es blieb keine Zeit für eine Abwehrreaktion. Mit harter Hand griff sie sein Ohr, verdrehte es bis zum Anschlag und schob ihn in die Richtung ihres Büros. Auch das Wehklagen des gequälten Jungen konnte die erboste Oberschwester nicht beschwichtigen. Im Gegenteil, je mehr er vor Schmerz quiekte, desto härter packte sie zu. Um dem Schmerz die Wirkung zu nehmen, lief Toni auf den Fußspitzen neben der Frau einher. »Au, auauau!«, jammerte er. Dabei krümmte und verrenkte er sich. Endlich kamen sie durch die Türe zu ihrem Arbeitszimmer. Sie ließ sein vor Wärme rotes Ohr los. Doch sollte das Martyrium noch nicht zu Ende sein. Jetzt griff sie zur Peitsche. Dieses verhasste Folterinstrument! Ohne dieses Zuchtmittel schien diese Frau einfach ein Nichts zu sein. Mit weit ausholenden Armbewegungen schwang sie die Peitsche durch die Luft und ließ das Ende knallend auf die gequälte Haut des vermeintlichen Übeltäters herniedersausen. Diese zog frische, tiefe blutige Spuren auf dem gerade verheilten Rücken des Jungen. Trotz der Schmerzen biss Toni die Zähne zusammen. Kein einziger Laut kam jetzt über seine Lippen. Im ganzen Hause konnte man nur die klatschenden Peitschenhiebe hören. Jeder Hieb wurde von einem ächzenden Laut aus dem Munde der Oberschwester begleitet, als feuerte sie sich damit selbst an. Wut und Verachtung lagen in ihrem Aufheulen. Sie war außer Rand und Band. Mucksmäuschenstill war es im Hause geworden. So still, dass man die Anwesenden atmen hören konnte. Das eine oder andere Kind zählte im Stillen die klatschenden Geräusche. Alle waren jetzt mit ihren Gedanken bei dem kleinen Freund, der so mutig an die Stelle seines Bruders getreten war und für ihn diese harte Strafe auf sich nahm. Es war nicht das erste Mal gewesen. Doch noch nie war der Grund so schwer gewesen. Zudem wäre es ein Leichtes gewesen, dieser harten Strafe zu entgehen. Toni hätte nur auf die wahren Verursacher dieser Geschichte hinweisen müssen. Er hatte ja den gesamten Zwischenfall beobachtet. Aber dadurch wäre er zum Verräter geworden. Verräter hatten es jedoch nicht leicht im Heim. Sie wurden von den anderen gemieden. Mussten immer damit rechnen, Opfer eines hinterhältigen Angriffes zu werden. Einmal war das Bett nass, das andere Mal waren die Schuhe gefüllt mit Hundedreck oder mit Zahnpasta. Strafe musste sein! Solch drakonische Strafen hielten jeden davon ab, zum Verräter zu werden. Die älteren Heimkinder ließen sich da schon einiges einfallen. Da war die Dunkelhaft in der Kiste ein Witz, doch um darüber zu lachen, fehlte ihm der nötige Humor. Das jedoch sollte das letzte Mal gewesen sein.

Nie mehr sollte er die Peitsche spüren. Das nahm er sich vor. Mit blutigem Rücken stieg er, gefolgt von zwei Nonnen, die Treppe zum Keller hinab. Er musste sich an der Wand abstützen. Vor seinen Augen fing die Welt sich an zu drehen. Nur mit Mühe verhinderte er einen Zusammenbruch. Die Wunden brannten wie Feuer. Der Schweiß rann in die offenen Wunden und vermischte sich mit dem austretenden Blut. Toni biss die Zähne fest aufeinander, um zu verhindern, dass ihm ein Wehlaut über die Lippen kam. Wie oft war er diese Stufen da hinabgestiegen? So oft schon, dass er eine jede von ihnen persönlich kannte. Dieses Mal fiel es ihm besonders schwer, da hinabzugehen. Noch nie in all den Monaten und Jahren, die er hier lebte, war er so hart bestraft worden. Dann betrat er den Raum, in dem dort an der gegenüberliegenden Wand die Kiste stand, die ihm jetzt für die nächsten Stunden zum Gefängnis werden sollte. Als die Nonnen die Kiste verschlossen hatten, löschten sie das Licht und verschlossen die Tür beim Hinausgehen. Zu dem damaligen Zeitpunkt ahnte der kleine Junge noch nicht, wie diese ihm damals zugefügten Bestrafungen ihn für sein weiteres Leben beeinflussen sollten. Ein paar Tage später schon ging er wieder wie gewohnt in die Schule. Keinem der Erwachsenen in der Schule fiel etwas an ihm auf. Auf die Frage seines Freundes Michael, wo er denn die ganze Zeit abgeblieben sei, berichtete er diesem von der Ungerechtigkeit, die ihm widerfahren war. Das Mitgefühl seines Freundes war ihm sicher, auch das der Brüder. Toni hatte einen Plan, und den verriet er seinen drei Spielgefährten. Ohne lange zu überlegen, boten sich die drei an, ihm bei seinem neuerlichen Vorhaben zu helfen. In ihrer jugendlichen Denkweise war das wie Räuber und Gendarm spielen. So wie sie es oft davor gespielt hatten. Zudem war dieses Spiel ja schon vorher von ihnen mit Erfolg gespielt worden. Da keiner von ihnen das Versteck verraten hatte, konnte es auch jetzt wieder benutzt werden. Toni nahm das Angebot seiner Spielgefährten und Freunde sofort ohne Widerspruch an. Wie die Zeit davor versteckte er sich bei ihnen im elterlichen Haus, ohne dass die Eltern hiervon erfuhren. Doch um nicht wieder von den Nonnen aufgegriffen zu werden, schwänzte er danach den Schulunterricht ganz und gar. Mit Michael machte er weiterhin die Schularbeiten, doch die Erklärungen seines Klassenlehrers, Herrn Wacker, die fehlten ihm doch. Auch wenn er wollte, die Schule konnte er nicht besuchen. Die Gefahr einer neuerlichen Entdeckung war einfach zu groß. Immerhin hatten die Nonnen ihm dort vor dem Schulhoftor aufgelauert und ihn dann ins Heim zurück verschleppt. Doch jetzt war er klüger geworden. Keine zehn Pferde würden ihn wieder in dieses Heim kriegen. Mit der Hilfe seiner drei Freunde schien es auch ganz gut voranzugehen. Überall wurde er gesucht. Doch es schien vergebens. Trotz aller Aktionen blieb er wie vom Erdboden verschluckt. Sein Aufenthaltsort blieb unentdeckt. Toni war gar polizeilich als vermisst gemeldet worden. Nur die eigene Familie schien ihn nicht zu vermissen. Aber wie es immer im Leben so ist, konnte das Versteckspiel auf Dauer keinen Erfolg haben. So kam es, dass der kleine Ausreißer nach Wochen dann doch, trotz aller Vorsichtsmaßnahmen, in seinem Versteck gefunden wurde. Auch die Einwände seiner Freunde konnten Frau Sch. nicht bewegen, Toni im Hause zu behalten. Wie ein kleiner Bruder sollte er bei ihnen leben. Mit den buntesten Schilderrungen suchten sie die Eltern zu überzeugen. Ließen nichts, aber auch gar nichts unversucht! Doch alles Bitten und Betteln half nichts! Ihren Söhnen fehlte noch jegliches Rechtsbewusstsein. Wie Kinder eben so denken. Sie konnten nicht ahnen, in welch heikle Situation sie die Eltern gebracht hatten. Doch auf Drängen der Jungs schaute sich die Mutter den Rücken des Ausreißers an und war fassungslos. Sie, eine Mutter, die es vermied, ihre Kinder mit Schlägen zu züchtigen, konnte einfach nicht begreifen, wie ein Erwachsener so etwas tun konnte. Noch weniger konnte sie verstehen, wie ein sogenannter gottesfürchtiger Mensch dazu in der Lage war. Frau Sch. rief umgehend das Jugendamt an und zeigte dort den gesundheitlichen Zustand Tonis an. Sie war es auch, die den kleinen Freund ihrer Söhne letztendlich mit in die Stadt zum Jugendamt nahm und nicht von seiner Seite wich, bis er von einem Arzt untersucht worden war. Auch musste der Junge mehreren Mitarbeitern des Jugendamtes erzählen, wie er zu den Narben auf seinem Rücken gekommen war. Es war offensichtlich, dass die Mitarbeiter des Amtes dem von ihnen befragten Jungen kein Wort glaubten. Trotz tränenreichen Bittens und Bettelns wurde der Ausreißer von zwei Damen und Frau Sch. ins Heim zurückgebracht. Von der Heimleitung wurden die gemachten Angaben nicht bestätigt. Was ja auch nicht anders zu erwarten war. Im Gegenteil! Die Wunden auf Tonis Körper waren ihm laut Auskunft der Oberschwester von anderen Kindern beigebracht worden. Diese Darstellung, wurde ohne auch nur den geringsten Zweifel vonseiten der Fragesteller akzeptiert. Als eine Art Beleg hierfür schilderten die im Heim für die Erziehung der Kinder verantwortlichen Nonnen, dass sich ihr Zögling zu einem früheren Zeitpunkt den Arm gebrochen habe. Er sei damals von einigen älteren Jungen zum Fenster hinausgestoßen worden. Das war eine glatte Lüge! Das hatte nichts mit dem Einwirken anderer Kinder zu tun gehabt. Mit einem Regenschirm waren sie aus dem Fenster in den darunterliegenden Garten gesprungen. So kam es, dass Toni letztendlich mit besagtem Regenschirm in der Hand dastand. Ohne Zwang hatte er sich auf eine Mutprobe eingelassen. Zugegeben, diese Mutprobe war eine dumme Sache, aber er hatte die größeren Buben beobachtet und fand es nicht besonders gefährlich, dies zu tun. Nun von ihnen dazu aufgefordert, wollte er nicht als Feigling dastehen und war deshalb aus dem Fenster im ersten Obergeschoß in den Garten hinuntergesprungen. Er hatte sich dabei am Arm verletzt. In der Urban-Klinik wurde dieser eingegipst. Wie eine Auszeichnung für seinen Mut trug er ihn in einer Schlinge vor der Brust. Darauf war er sehr stolz gewesen. Er war an diesem Tag die Hauptattraktion im Heim. Alle wollten sich auf diesem schneeweißen Ding verewigen. Also war das wieder einmal gelogen. Schuld an dem Unfall hatte er ganz alleine gehabt. Toni war nicht das einzige Kind in dem Heim, das die Peitsche zu spüren bekommen hatte. Aber diese Tatsache wurde gänzlich außer Acht gelassen. Hätte man der von dem Jungen behaupteten Geschichte ein wenig mehr Aufmerksamkeit gewidmet und wäre der Sache auf den Grund gegangen, hätte Tonis Zukunft eine andere Richtung genommen. Ganz bestimmt. Doch wollte sich niemand mit der Kirchengemeinde, die das Haus betrieb, anlegen. Man war ja froh, dass sich irgendjemand dieses Problems annahm. Die beiden Damen zogen befriedigt ab und überließen das Kind der Willkür der Beklagten, was sich nicht gerade positiv auf deren Verhalten ihm gegenüber auswirkte. Die Behandlung ihm gegenüber wurde zusehends ruppiger. Jetzt sollte er zu spüren bekommen, wie es ist, wenn man diese Leute da denunziert. Er vertraute sich auch noch einmal dem Pfarrer an, trotz der Enttäuschung, die er mit ihm erlebt hatte. Doch dieser hörte ihm nicht mal richtig zu. Da sich Toni von nun an, bis auf seine Nachbarn, auf niemanden mehr verlassen konnte, musste er einen anderen Weg finden. Seit seiner Beschwerde beim Jugendamt war der Aufenthalt im Heim für ihn zur Hölle geworden. Etwas mehr als zwei Kilometer Luftlinie vom Heim entfernt lag der Hauptfriedhof der Stadt Mannheim. Oft schon hatte Toni hier mit seinen Freunden gespielt. Dieser schien ihm nun als Versteck bestens geeignet. Tagsüber musste er sich irgendwo in der Stadt herumtreiben und darauf achten, dass er nicht von der Polizei aufgegriffen wurde. Nachts war er hier zwischen den Gräbern gut aufgehoben, denn abends wurden die eisernen Tore fest verschlossen. Da kam keiner herein, um ihn zu stören, und von denen, die da lagen, wollte keiner mehr hinaus. Allem Anschein nach hatten die hier Bestatteten begriffen, dass es sich da drunten in der Gruft, ohne Alltagssorgen, ganz gut liegen ließ. Wohl war es da wie im wahren Paradies. Gemeinsam mit den Sch. erkundete Toni den sogenannten Gottesacker. Als er eine geeignete

Übernachtungsstelle ausgekundschaftet hatte, halfen ihm die drei Freunde, den Platz gemütlich herzurichten. Sie schleppten Decken, Essbares sowie Trinkbares heran. Auch Toilettenpapier hatten sie mitgebracht. Die kleinen Freunde dachten eben an alles! So konnte nichts mehr schiefgehen. Ein kleiner Schauder lief ihm schon über den Rücken, als die Dunkelheit hereinbrach und ihn die Brüder verließen. Da wurde ihm erst so richtig bewusst, dass er sich ganz alleine hier zwischen den Gräbern befand. Schon oft hatte er gehört, dass sich die Seelen der Toten des Nachts aus ihren Gräbern erheben und herumgeistern. So sollen gerade die, die auch in der Erde keine Ruhe finden, des Nachts mit einem lauten »Hui!« aufheulend ihren Schabernack treiben, mit dem Teufel gemeinsam ein Feuer anzünden und unartige kleine Kinder darin verbrennen. Bei dem Gedanken lief ihm ein kalter Schauder über den Rücken. So ein Blödsinn, winkte er ab. Tapfer wollte er sein und schüttelte all die Gedanken an irgendwelche Geister ab. Aber wenn nun doch etwas Wahres an der Geschichte dran war? Bei dem Gedanken wurde ihm kalt und er spürte, wie ihn eine Gänsehaut überkam. Vorsichtshalber zog er daraufhin die Wolldecke bis über das Gesicht. Man konnte ja nie wissen! Die erste Nacht verlief alles andere als so gemütlich wie gedacht. Geräusche über Geräusche drangen an sein Ohr. Gerade wenn ihm die Augen zugefallen waren, weckte ihn ein anderes, für ihn seltsames Geräusch. Der Ruf einer Eule war zu hören. Von weit her ertönte das Bellen eines Hundes. Laut den Aussagen der Ordensschwestern war der Teufel ja auch von bösen, blutrünstigen Hunden umlagert. Auf einem Bild in einem Buch hatte Toni solche Bestien gesehen. Angestrengt lauschte er jetzt in die Nacht hinein. Ob sich da der Teufel mit den umherirrenden bösen Geistern in Wolfsgestalt traf? Die Neugierde ließ ihn letztendlich die Angst vergessen. Vorsichtig zog er die schützende Wolldecke ein wenig herunter, gerade so viel, dass er mit einem Auge darüber hinwegspähen konnte. Doch trotz angespannten Suchens war einfach nichts zu entdecken, was dem Teufel ähnlich sah. Zwischen einigen Büschen, hinter einem großen Grabstein, lag er auf einer mehrfach gefalteten Wolldecke. Hierdurch spürte er den harten Untergrund nicht so sehr. Eigentlich war es allemal bequemer, als er gedacht hatte. Doch fühlte er sich unwohl in seiner Haut. Ihm war, als krabbelten irgendwelche Kleinlebewesen auf ihm herum. Womöglich Spinnen, Mäuse oder Käfer, in deren kleine Welt er hier am Ende ja eingedrungen war. Bereits im Morgengrauen, als er verschwommen unter seinen bleischweren Lidern nicht weit vor seinem Gesicht ein Häschen wahrnahm, forderte die Müdigkeit ihren Tribut. Dann hatte der Schlaf gesiegt. Als Toni dann nach Stunden aus diesem erwachte, muss es schon Nachmittag gewesen sein. Ein Zwicken in der Magengegend verriet ihm, dass er Hunger hatte. Noch schlaftrunken wanderten seine Blicke über das vor ihm liegende Umfeld. Trotz der relativ späten Tageszeit befanden sich noch keine Besucher auf dem parkähnlichen Gelände. Die von ihm als Liegeplatz ausgesuchte Stelle gehörte zu einer älteren Anlage. Da war es wohl unwahrscheinlich, dass sich jemand hierher verlief. Dafür schwebte über diesem Bereich ein heftiger Geruch von Moder, der Toni schier den Atem nahm. Das war schon ein guter Grund, sich um einen anderen Schlafplatz zu bemühen. Das wollte er so bald als möglich angehen. Er rieb sich noch einmal die Augen, dann griff er zu dem Brotpaket, das sich da unter seinem Nachtlager befand, und aß gierig die dick mit Leberwurst bestrichenen Brotscheiben. Im Anschluss schälte er sich mühsam aus der Decke, die ihm in den Nachtstunden Schutz und Wärme gespendet hatte. Schnell räumte er seinen Schlafplatz auf und verstaute die Decken in besagtem Gebüsch. Aus einigen Metern Entfernung warf er einen prüfenden Blick zum Gebüsch hin und vergewisserte sich, dass sein Hab und Gut vor neugierigen Augen sicher sei. Danach schlenderte er durch die Gräberreihen zum seitlichen Ausgang des Friedhofs hin. Seine Augen überflogen dabei die Gegend, in der er sich befand, auf der Suche nach einem geeigneteren Schlafplatz, doch ohne fündig zu werden. Am Tor angelangt, wollte er auf Michael und dessen Brüder warten. Hierzu setzte er sich auf einen Begrenzungsstein am Tor und vertrieb sich die Zeit damit, kleine Steinchen in den Abwasserschacht der Straße zu werfen. Die Zeit schien für ihn stehen geblieben zu sein. Es dauerte eine geraume Zeit, bis die mit Sehnsucht Erwarteten eintrafen. Was Toni schier vergessen hatte, war die Tatsache, dass deren Leben einem normalen Rhythmus folgte. Nur er befand sich auf der Flucht. Die drei Freunde waren wie gewohnt zur Schule gegangen. Im Anschluss hatten sie zu Mittag gegessen und dann wie gewohnt ihre Hausaufgaben erledigt. Kein Wunder! Die Freude war daher groß, als er sie nun schon von Weitem näher kommen sah. Noch freudiger nahm er zur Kenntnis, dass sie eine Einkaufstasche bei sich trugen und diese mit Resten vom Mittagstisch gefüllt war. Hatte Toni doch die ganze Nacht wach gelegen und war vor Angst nicht zur Ruhe gekommen. Das machte Appetit! Wie bereits gesagt, war Toni ohnehin ein guter Esser. Mit Heißhunger stürzte er sich daher auf die mitgebrachten Butterbrote und Reste des Mittagstisches. »Na, wie war die Nacht? Hast du Besuch gehabt? Hast du den Teufel tanzen gesehen?« Neugierig waren die drei Freunde und ließen eine Flut von Fragen auf ihn niederprasseln. »Ach was!«, winkte Toni ab. Mit vollem Mund versuchte der Gefragte Rede und Antwort zu stehen. Dem Gefragten war anzusehen, dass ihn die Nacht mitgenommen hatte, auch wenn er jetzt so tat, als wäre alles bestens gewesen. Tonis Stimmung war daher nicht gerade als vortrefflich zu bezeichnen. Die drei Brüder ließen ihm keine Zeit zum Nachdenken. Eine Frage löste die andere ab. Ganz besonders jedoch interessierten sie sich für die Antwort auf die Frage, ob er denn wirklich irgendwelche Geister gesehen habe. Eine Nacht auf dem Friedhof und keine Gespenster, das konnte nicht sein! Enttäuschung machte sich auf ihren Gesichtern breit, als er die an ihn gestellte Frage verneinte. Toni beklagte sich aber über seinen Schlafplatz und darüber, dass sich in der Nacht andauernd irgendwelche Viecher an ihn herangemacht hätten. Dort wolle er nicht noch einmal liegen, darüber sollte es keinerlei Debatte geben. Schon bald hatten sie dieses Thema mit den nächtlichen Gespenstern abgehakt und gingen gleich zur Tagesordnung über. Es musste also ein neuer Schlafplatz gefunden werden. Dann nichts wie los! Nach stundenlangem Suchen war dann auch etwas Brauchbares gefunden. Gerhard hatte die richtige Lösung gefunden. Hoch droben in den Wipfeln eines Baumes. Dort war ein idealer Platz gefunden. Es dauerte auch nicht lange und der Umzug aus der Erdgeschosswohnung in das erste Obergeschoss war vollzogen. Mit zwei in einer nahe gelegenen Schrebergartenkolonie entwendeten Brettern richteten sie ein Nachtlager her. Diese lagen sicher auf zwei dicken Astgabeln. Vor fremden Blicken durch ein dichtes Blätterdach geschützt. Hier fühlte sich der kleine Ausreißer wohler als dort drunten auf dem blanken Erdboden. Jeden Tag kamen sie zu ihm an das Nachtlager oder sie trafen sich außerhalb der Friedhofsmauern. Immer brachten sie etwas Essbares mit. Gemeinsam zogen sie im Anschluss durch die Gegend. In einer breiten Astgabel oben auf dem Baum hatte er es sich gemütlich eingerichtet. Es fehlte ihm an nichts. Dafür sorgten seine guten Freunde. Er fühlte sich dort oben sicherer als am Boden. Auch war er hier oben vor den Augen der Besucher oder gar der auf dem Friedhof beschäftigten Arbeiter sicherer. Tage, Wochen und dann auch Monate vergingen. Toni blieb unentdeckt. Die vier Freunde hielten zusammen wie Pech und Schwefel. Kein einziges Mal verpassten sie es, ihn zu besuchen. Wären die drei Freunde nicht gewesen, Toni hätte keinen Erfolg mit seinem Versteckspiel verzeichnen können. Ohne ihre Hilfe hätte er schon alleine des Hungers wegen das Handtuch werfen müssen. So fühlte er sich dermaßen sicher, dass er gar nicht daran dachte, jemals wieder diesen Ort verlassen zu müssen. Auch seine Freunde sahen Tonis Aufenthalt auf dem Baum als einen ständigen an. Doch dann kam alles anders! Einem der auf dem Friedhof angestellten Arbeiter waren die Jungs aufgefallen, die sich jeden Tag da zwischen den Gräbern herumtrieben. Es machte ihn stutzig, und so ging er dann der Sache nach. Bald schon fand der Mann Tonis Versteck dort droben in der Baumgabel. Der Rest war klar. Ein Griff zum Telefon und Verständigung des Ordnungsamtes bzw. der nächsten Polizeidienststelle. Als Toni am Morgen des folgenden Tages droben in seinem zugigen Zuhause aufwachte, traute er seinen Augen nicht. Sechs Monate waren seit der ersten Nacht am Boden zwischen den Gräbern vergangen. Niemandem war er bis jetzt aufgefallen. Kein Wunder also, wenn er von Tag zu Tag sorgloser geworden war. Nun blickte er in die Augenpaare eines Empfangskomitees. Unter dem Baum standen zwei Polizeibeamte in Uniform, zwei Angestellte der Friedhofsverwaltung sowie eine korpulente weibliche Person. So wie die Frau aussah, war sie vom Jugendamt. Das sah man ihr gleich an. Dieser überhebliche Ausdruck in ihrem Gesicht sprach Bände. Auch die Aufforderung, vom Baum herunterzukommen, passte zu ihr. Keine Bitte, aber auch nicht der geringste Anflug von Freundlichkeit lag in ihrer Stimme. Unter den wachsamen Blicken der Gesetzeshüter kam Toni dann doch bereitwillig der Aufforderung nach. Vorsichtig stieg er hinab, daher wohl etwas zu langsam für den Geschmack eines breitschultrigen Mannes. »Na, wird's bald?« Es hörte sich wie eine Frage an, und doch war es eher ein ungeduldiger Befehl aus dem Munde dieses Friedhofswärters. Dabei machte er Anstalten, nach dem Jungen zu greifen und ihn herunterzuziehen. Dies wurde durch das Eingreifen eines der beiden Polizeibeamten verhindert. »Langsam, langsam!« Die Ruhe dieser Welt lag in der tiefen Stimme des Mannes, der außerdem beschwichtigend die Hand auf den Unterarm des etwas zornig dreinschauenden Friedhofsmenschen legte. Damit verhinderte er wohl einen unsanften Absturz aus luftiger Höhe. Ein dankbarer Blick aus Tonis Augen streifte den uniformierten Mann. Bis auf die beiden Polizisten, die eben nur ihren Dienst taten, schienen die anderen umherstehenden Personen erbost zu sein angesichts der Dreistigkeit, mit der er es sich dort auf der Astgabel bequem gemacht hatte. Der ältere der beiden Polizisten wunderte sich, weshalb sich Toni diesen Platz auf dem Baum ausgesucht hatte und was er da trieb. Noch hielt er es für den Teil eines Spieles. Eines Abenteuerspieles! Die Stimme des Beamten klang tief und ruhig. Es war etwas in ihr, das Toni nicht kannte. Etwas Väterliches! Etwas Verständnisvolles! So etwas hatte er lange schon vermisst. Doch alles Fragen dieser Menschen half nichts. Toni kriegte den Mund nicht auf bzw. er wollte keine Auskunft geben. So kam es, dass ihn die Beamten der Dame des Jugendamtes übergaben und ihr ein ironisch gemeintes »Viel Glück!« mit auf den Weg gaben. Zumindest hatte er die Fahrt zum Jugendamt im Streifenwagen machen dürfen. Es war das erste Mal, dass Toni in einem Auto hatte sitzen dürfen. Daher war es für ihn die Sache wert gewesen. Aber dann auf dem Amt verging ihm der Spaß sogleich. Er wurde in einem Büroraum einquartiert. Trist, wie Büroräume eben sind, war auch dieser. So saß er auf einem Stuhl und rührte sich nicht vom Fleck. Seine Augen wanderten an den Wänden entlang hin zu dem großen Fenster. Wie ein großes gemaltes Bild sah es aus. Der Fensterrahmen schien es zusammenzuhalten. Doch die vorbeiziehenden Wolken veränderten dieses von einem großen Künstler gemalte Bild. Toni träumte bei dem Anblick und versuchte sich bei den entstehenden Wolkengebilden vorzustellen, was diese darstellen könnten. Kaum hatte er sich irgendeine Figur ausgedacht, da war sie auch schon wieder vom Winde verweht worden. So saß er alleine mit sich und seinen Gedanken beschäftigt und es schien, als hätte man ihn vergessen. Nur das monotone Ticken einer Wanduhr über der Eingangstür unterbrach die Stille im Raum. Es dauerte eine Ewigkeit, bis sich dann jemand um den ungeduldig wartenden Jungen kümmerte. In Gedanken hatte er sich schon einen Plan zurechtgelegt, wie er hier ausbrechen würde, wenn sich nicht bald eine der im Nachbarraum sitzenden Frauen um ihn kümmern sollte. Doch noch bevor er seinen Plan in die Tat umsetzen konnte, kam endlich Leben in den Raum. Mit einem tiefen Seufzer nahm es Toni zur Kenntnis. Wurde aber auch Zeit! Eine Angestellte opferte sich letztendlich. Als hätte sie die Fluchtgedanken Tonis in dessen Augen erraten können, kam sie aus dem Nachbarraum herüber. Sie fragte ihn nach seinem Namen, seinem Alter und so weiter, wer die Eltern seien, und viele andere Dinge wollte sie wissen. Als sie den Namen Sankt-Josefs-Heim hörte, wurde die Frau stutzig und überlegte einen Augenblick lang. »Aha!«, rief sie mit siegessicherer Stimme. »Dann bist du der kleine Ausreißer, der schon seit Monaten vermisst wird?« Jetzt kam Leben in die Bude. Hellhörig geworden, kamen die Kolleginnen und Kollegen aus den Nachbarräumen herein, um sich das kleine Ungeheuer anzuschauen. So was sah man nicht alle Tage. So klein und schon so ausgekocht. So ein kleiner Schlingel. Aus diesem Früchtchen konnte nichts Gutes werden. Genau diese Gedanken sah man in den Gesichtern aller sich widerspiegeln. Toni biss sich auf die Lippen und ärgerte sich über seine eigene Redseligkeit. Nicht das geringste Anzeichen von Verständnis war zu spüren. Niemand wollte wissen, warum er aus dem Heim geflohen war! Die frühere Aussage der Heimleiterin hatte immer noch Gültigkeit. Nachdem jeder der dort Tätigen einen Blick auf den Ausreißer geworfen hatte, schwand auch bald wieder das Interesse. Wieder saß er alleine in dem Raum, aber er wurde das Gefühl nicht los, dass ihn mehrere Augenpaare gleichzeitig bewachten, um eine vermeintliche Flucht im Ansatz zu verhindern. All die Menschen in diesen Büros schienen sehr beschäftigt, oder taten zumindest so. Man hatte ihn letzten Endes gar vergessen. Es dauerte wohl eine Ewigkeit, bis letztendlich zwei Nonnen aus dem Heim auftauchten, um ihn, wie sie sagten, »nach Hause« zu holen. Also übergab man ihn wieder an seine Peiniger. Wieder bekam er die Peitsche zu spüren und wieder musste er in die sogenannte Büßerkiste, dort drunten in dem dunklen, kalten Kellerraum. Kein Wunder also, wenn Toni die nächste Gelegenheit ergriff, dem Heim von Neuem den Rücken zu kehren. Irgendwann kam der Tag, an dem Toni aufs Neue von einem Polizisten aufgegriffen wurde, dieser sich dann jedoch eingehender mit ihm befasste. Der besagte Beamte zeigte in seinem Verhalten ihm gegenüber menschliche Züge und ein gewisses Einfühlungsvermögen. War eben nicht nur Polizist. Er sah in den Augen des Jungen den Glanz, als dieser im Streifenwagen Platz nehmen durfte, Toni gar die Erlaubnis erhielt, das Blaulicht und das Martinshorn einzuschalten. So tat der Beamte, was alle anderen nicht getan hatten. Er suchte einen Weg, um die unsichtbare Wand zwischen ihm und dem Jungen zu durchbrechen. Mit seinem Verhalten gelang es ihm auch. Das Eis zerbrach! Er gewann das Vertrauen des Jungen. So erfuhr er von den Zuständen in besagtem Heim. Wieder wurde das Jugendamt zitiert. Wieder stand der Vorwurf der Misshandlung im Raume und wieder beteuerte die Heimleiterin, dass den Kindern kein Leid geschehe. Wenn es Kinder mit blauen Flecken oder irgendwelchen Narben gäbe, dann hätten sich die Kinder diese selbst beigebracht. »Dieser Junge«, so meinte die Heimleiterin verzweifelt, »war nicht nur unaufmerksam, sondern auch noch mit der Nase immer vorne dran.« Dann brachte sie das Thema auf den Unfall, den Toni mit dem amerikanischen Panzer hatte, von dem er fast überrollt worden wäre. Wer würde einer solchen Aussage keinen Glauben schenken, und wenn sie zudem auch noch aus dem Munde einer Ordensschwester und Erzieherin kam? An den Worten einer solchen Person zweifelt man nicht. Dahinter verbarg sich doch nur die undankbare Niedertracht einer zukünftig missratenen Seele, war der abschließende Kommentar. Stellt man sich doch gemeinhin solche Kinder nicht als Produkte der Liebe vor, sondern als Abschaum von asozialem Gesindel. Unter diesen ist es doch normal, dass sie gewalttätig und verlogen sind. Also auch schon von klein auf dazu neigen, sich und andere zu zerfleischen. Eine solche Argumentation hatte bisher immer den erwünschten Erfolg gehabt. Jeder Ansatz der Kritik war im Keime erstickt worden. So sah es der sogenannte gesunde Menschenverstand. Doch dieses Mal hatten die Nonnen keinen Erfolg mit ihrer Lügerei. An den kommenden Tagen holte man Toni und Chico gemeinsam im Heim ab und sie durften sich in einem gesonderten Raum im Jugendamt aufhalten. Sie bekamen Spielsachen und wurden von dort angestellten Personen beobachtet und während des Spielens auch in Gespräche verwickelt. Viele Fragen wurden gestellt. Auch andere Kinder wurden einbestellt. Kinder, deren Namen gefallen waren. Tag für Tag, immer und immer wieder andere. So ganz nebenbei versuchten diese Leute jetzt klare Sicht zu bekommen. Je mehr Kinder zur Befragung einbestellt wurden, desto unruhiger wurden die Schwestern im Heim.

»Nette, freundliche Leutchen waren das«, erinnert sich Toni an die Tage im Jugendamt, »ganz im Gegensatz zu den Schwestern.« Heute weiß Toni, dass es sich bei diesen um Psychologen und erfahrene Erzieher gehandelt hatte.

Im Heim selbst waren die Nonnen recht neugierig herauszufinden, was die beiden Brüder den Tag über gemacht hatten. Sie befragten eingehend jedes Kind bei dessen Rückkehr. Ja, jetzt regte sich das schlechte Gewissen, wohl wissend, dass da etliche dunkle Wolken am Horizont auftauchten. Mit der Zeit konnten sich die Psychologen ein Bild von den Zuständen machen, die im Sankt-Josefs-Heim herrschten. Trotz allem wies die Heimleitung jegliche Verantwortung für Züchtigungen weit von sich. Auch behaupteten diese weiterhin, die Kinder würden sich selbst verletzen. Doch dann kam man auf die Geschichte mit der Holzkiste zu sprechen.

Vehement wurde dieser Vorwurf bestritten. »Der Junge lügt doch nur!«, erboste sich die Heimleiterin. Sie schien sichtlich genervt. Knallrot lief ihr Gesicht an und Schweißperlen zeigten sich auf ihrer Stirn. Doch hatten andere Kinder ebenfalls die Büßerkiste kennengelernt und von ihr berichtet. Da musste also doch etwas Wahres dran sein. Davon war letztendlich auch das Jugendamt in Mannheim überzeugt. Hatte Toni eben noch ruhig dagestanden und mit anhören müssen, wie sich diese Frau verteidigte und ihn der Lüge bezichtigte, brauste er nun seinerseits auf. Ihm war klar, dass er den Moment nutzen musste, wollte er nicht schon wieder Gefahr laufen, für die jetzige Denunzierung bestraft zu werden, wenn die Leute vom Amt unverrichteter Dinge abzogen. »Kommen Sie mit in den Keller!« Unbeirrt und mit fester Stimme forderte er die umherstehenden Personen des Jugendamtes auf, ihm zu folgen. Schnurstracks ging er auf die Kellertür zu. Ihm war daran gelegen, reinen Tisch zu machen und den endgültigen Beweis zu liefern, bevor sich das Heimpersonal wieder aus der Verantwortung ziehen konnte. Eine der Nonnen versuchte, Toni den Weg zu versperren. Sie wollte ihn daran hindern, denn sie wusste, was sich hinter dieser Tür verbarg. Doch Toni ließ sich nicht aufhalten. Der kleine Knirps war fest entschlossen, diesem Spuk ein Ende zu machen, und drängte sich zwischen die vor ihm stehende Nonne und die Kellertür. Mit festem kindlichen Griff drückte er die Türklinke herunter und legte den Eingang frei. Er war wild entschlossen, seine Peinigerinnen an den Pranger zu stellen. Betretene Stille verbreitete sich unter den Umherstehenden, die mit Spannung geladen war. Unsi-

chere Blicke streiften die Schwestern, die sich in einer
Art Sackgasse befanden. Das Kartenhaus der Lüge
schien in sich zusammenzufallen. Nur zögernd folgten
die Angestellten des Jugendamtes der Aufforderung, ihm
zu folgen. Doch letztendlich strafte Toni die Heimleiterin Lügen. Sie bekam nach dem hochroten Kopf nun ein
blutleeres Gesicht und versuchte sich stotternd heraus-
zureden. Es fehlte letztendlich nur noch, dass sie behaup-
tete, die Kinder selbst hätten die Kiste gebaut, um sich
gegenseitig zu bestrafen. Angesichts dieser Entdeckung
gab jetzt es keinen Zweifel mehr an den Worten der
Kinder, die ausgesagt hatten, dass es eine solche Straf-
maßnahme in diesem Hause gab. Jetzt klagte die Oberschwester über Übelkeit. Wollte wohl damit um Mitleid
für sich betteln. Gleich nahmen sich zwei der Ordensschwestern der Armen an. Auch das Aufgebot des Jugendamtes zeigte sich besorgt um die nach Luft ringende
Oberschwester. Man brachte die arme Frau nach oben
in ihr Büro, wo sie sich erst einmal einen Schluck aus der
Cognacflasche genehmigte. Als sie so wieder das seelische Gleichgewicht gefunden hatte, versuchte sie nun
Verständnis zu finden bei den Versammelten. Diese Kinder waren doch allesamt Problemkinder, die hart angefasst werden mussten, damit aus ihnen etwas Anständi-
ges würde. Eine gottlose Horde! Sie habe sich doch all
die Jahre immer und immer wieder mit Liebe darum
bemüht, aus Toni einen anständigen Menschen zu machen. Doch er habe sich wie ein sturer Esel gezeigt, der
keine andere Behandlung verdient hatte. Gott, so rief sie
gequält aus, sei ihr Zeuge. Dann ließ sie sich erschöpft
in ihren Sessel fallen. So ein verlogenes Miststück! Ihre

Worte zeigten Wirkung, denn das eine oder andere Augenpaar schaute ihn mit einem kaum merklichen bösen Aufblitzen an. Doch war das Aufbegehren dieser Frau umsonst. Die ganzen Zustände wurden nun aufgedeckt. Mädchen waren nicht viele unter den Opfern der Misshandlungen, doch unter den Jungen gab es eine stattliche Anzahl. Einige Tage später wurden alle Ordensschwestern abgezogen und Erzieherinnen der Stadt traten an ihre Stelle. Niemand kam mehr in den Keller oder gar in die Kiste. Diese hatte ausgedient. Auch sonst wurde es zusehends lockerer im Hause. Statt der gedrückten Atmosphäre vergangener Tage traten Licht und Glanz in die Räume. Leider hielt dieser Zustand nicht lange an. Denn schon planten die Verantwortlichen der Stadt und des Kirchenamtes, die sogenannten Unruhestifter zu verlegen. Ganz oben auf der Liste stand der Name Antonio W.. Auch der Name seines Bruders befand sich darauf. Tage später schon wurde Toni gemeinsam mit dem kleinen Chico in ein anderes Heim verlegt. Er wurde nie den Verdacht los, dass es sich bei der Verlegung um eine Strafaktion gegen ihn handelte. Doch ganz gegen seine Befürchtungen konnte er die kommende Zeit nicht als eine solche ansehen. Ganz im Gegenteil! Beide kamen in ein im Schwarzwald gelegenes Heim. Genauer gesagt, kamen sie nach Todtnauberg ins dort befindliche Jugendheim. Der einzige Wermutstropfen an der Sache war, dass sie nicht mehr ihre Familie am Wochenende sehen konnten wie bisher. Die Entfernung von hier nach da war einfach zu groß. Für solche Reisen war zudem auch kein Geld vorhanden, zumal dem Vater von Amts wegen das Kindergeld gestrichen worden war. Im Laufe dieses Aufenthaltes wurden sie von ihren Angehörigen vergessen. Nach dem Motto: »Aus den Augen, aus dem Sinn.« Nun ja, man gewöhnt sich eben an alles. Auch an das Alleinsein. Dafür wurde die Bindung zwischen den beiden Brüdern umso größer. Sie zeigten ihre Zusammengehörigkeit, indem sie sich identisch kleideten. Alle sollten sehen, dass keiner von beiden alleine auf dieser Welt war. Sie wurden von den anderen bereits im Heim lebenden Buben sofort in deren Mitte aufgenommen. Das jedenfalls sollte die schönste Zeit seiner Heimaufenthalte werden, erinnert sich Toni noch heute. Die Heimleitung hatte nichts mit dem zu tun, was er bisher gewohnt war, aber auch nicht mit dem, was er noch erleben sollte. Alles war anders! Viel freier! Diszipliniert, aber doch human. Dort in dem Heim, einem großen Blockhaus im Wald, an einem Hang gelegen, lebten etwa 25 Jungen und die Erzieher. Diese zeigten sich nicht als solche, sondern eher wie Kumpel. Einer von ihnen war wie ein älterer Freund. Ja, das war der richtige Ausdruck. So saßen die Jungs am Abend zusammen und er spielte auf der Gitarre. Dabei stimmten sie in den Gesang mit ein. Toni hatte eine gute Stimme, und da machte es ihm ohnehin noch mehr Spaß. Im Sommer draußen, mitunter am Lagerfeuer, im Winter im Hause selbst. Das war so richtig was für diese Rasselbande. Kein Wunder also, wenn sie sich hier wohlfühlten. Im Haus herrschten eine gewisse Kameradschaft und Freiheit, die nur durch sie selbst beschränkt wurde. Sie erzogen sich selbst. Das war wohl auch der Sinn des Ganzen. Unterrichtet wurden die Jungen im Hause selbst. Der Betreuer war auch gleichzeitig ihr Lehrer. Bei den Aufgabenlösungen halfen die Älteren den Jüngeren. Trotz des enormen Schulpensums blieb genügend Zeit zur spielerischen Entfaltung. Ansonsten konnten sie sich frei bewegen. Sie hielten sich viel in der frischen Waldluft auf. Kein Wunder, dass die Jungen bald vor Gesundheit strotzten. Aber auch dieses Glück sollte nicht lange anhalten, denn in der Nähe des Jugendheimes befand sich ein Gästehaus, dessen Besitzer das Treiben dort oben nicht gerne sah. Er nahm jede Möglichkeit wahr, gegen die Existenz dieser Einrichtung zu protestieren. Da dieses Haus ihm ein Dorn im Auge war, hatte er es sich zum Ziel gesetzt, dafür zu sorgen, dass es so bald als möglich geschlossen wurde. Er schob Missfallensäußerungen seiner Gäste als Grund vor. Daher war es den Heimkindern strengstens verboten, Grund und Boden dieses Anwesens zu betreten. Dieses Verbot einzuhalten fiel nicht leicht angesichts der in Reih und Glied stehenden Apfelbäume, die dazu noch mit ihren saftig roten Früchten lockten. Das besagte Gästehaus war eher eine Art Wanderheim. Da die Knaben um die Zustände Bescheid wussten, hielten sie sich an die Regeln. Selten, dass es zu Verstößen kam. Sie hielten sich immer in der Nähe des Heimes auf, um ja keinen Ärger zu verursachen. Im Sommer legten die Kinder einen kleinen Teich an, indem sie das Wasser eines Baches, den die Kinder den Schweinebach nannten, aufstauten. Damit war der Badespaß garantiert. Sie taten all das, was Jungen in ihrem Alter gerne taten. Hoch droben in den Wipfeln eines Baumes bauten sie ein Haus. Ein richtiges Baumhaus mit allem Drum und Dran, wie es sich so gehört. Von oben konnten sie die ganze Gegend überblicken. Ganz besonders eifrig waren sie jedoch bei der Sache, wenn sich die einen als Indianer und die anderen als Trapper und Cowboys verkleideten und sie durch den nahe gelegenen Wald streiften. Wenn die Rothäute auf Kriegspfad waren, dann galt es für die Cowboys, auf der Hut zu sein. Am Ende kam es dann zu einem wilden Gemetzel, wenn sich beide Lager im Kampf entgegentraten. Seit Toni im Sankt-Josefs-Heim den Pierre Brice getroffen hatte, fühlte er sich zu den Rothäuten hingezogen. So unerschrocken wie sie wollte auch er sein. »Ein Indianer kennt keinen Schmerz«, wurde zu seinem Wahlspruch. Er ist es auch bis heute geblieben. Sie, die Jungs, hatten gar eine eigene Hymne komponiert. Der Text wurde von der Gitarre des Heimmitarbeiters begleitet. Am Abend saßen sie am Lagerfeuer beisammen und sangen aus vollen Kehlen.

Django ritt auf seinem Schimmel,
Hoch in der Sonne erstrahlte der Himmel
Doch der Boss von der Gangsterbande
lauerte schon am Straßenrande
Auf dem Wege nach Laramie
In dem grünen Tal von Tennessee
Django stieg, man glaubt es kaum
Auf den höchsten Dattelbaum
Und hat den Gangsterboss erspäht
Da war es für diesen schon zu spät
Auf dem Wege nach Laramie
In dem grünen Tal von Tennessee.

Leider kann sich Toni heute nicht mehr so genau an diesen Text erinnern, aber so ähnlich hatte er gelautet, da war er sich sicher. Welcher Junge wollte da nicht dabei sein? Außerdem vertrieben sich die Heimkinder die freie Zeit mit Sport, Wanderungen durch den Wald, Schnitzeljagden, Orientierungsmärschen und vielem anderen mehr. An ganz heißen Tagen schwammen die Jungs im eigens hierfür aufgestauten Schweinebach, der hinter dem Gebäude vorbeifloss. Sie waren eine kleine verschworene Gemeinschaft. Hielten zusammen wie Pech und Schwefel. Nach dem Motto: »Einer für alle, alle für Einen!« Keiner reklamierte, wenn er zum Küchendienst eingeteilt war und somit nicht an dem lustigen Treiben teilhaben durfte. Dafür musste beim nächsten Mal ein anderer von ihnen verzichten. Wenn eine dieser Wanderungen angesagt war, dann war dies ohnehin keine Frage. Alle halfen mit beim Butterbrote-Beschmieren. Die einen beschmierten, die anderen belegten und die nächsten wickelten die Doppelscheiben in Papier ein. Jeder von ihnen war zu einer Tätigkeit eingeteilt. Es machte absolut Freude. Wenn sie dann am Abend zurückkamen und hundemüde in ihre Betten fielen, dann beseelte sie ein Gefühl der Hochstimmung. Solche Wanderungen fanden nicht nur zur Sommerszeit statt, sondern auch zu allen anderen Jahreszeiten. Da kam eben keine Langeweile auf. Als der Winter Einzug hielt, bauten sich die Jungs einen Bob, mit dem sie so lange den Buckel hinuntersausten, bis das Gefährt letztendlich den Geist aufgab und zusammenbrach. Ein Jahr oder etwas mehr dauerte der Aufenthalt hier in Todtnauberg. Der Pächter und zugleich Hausvater dieses Wanderheimes hatte sich bei der Ortsverwaltung durchgesetzt. Wie er dies geschafft hatte, darüber kann Toni heute nur spekulieren. Damals jedoch war er noch nicht reif genug, die Gründe zu hinterfragen, sondern nahm es als von Gott gewollt hin. War dieser liebe Gott doch dafür bekannt, den Armen und Schwachen das Erdendasein zur Hölle zu machen. Den Reichen jedoch gönnte er bereits auf Erden das Paradies. Wie diese zu ihrem Reichtum kamen, das schien ihn nicht zu interessieren. Aber noch kurz bevor dieses Haus geschlossen und die Jungen in andere Heime verlegt wurden, geschah etwas Sonderbares, bis heute für ihn Unverständliches. In diesem besagten Gästehaus arbeitete ein junges Mädel. Als Toni ihr eines Nachmittags auf der Straße begegnete, machte er eine dumme Bemerkung und klopfte ihr im Vorübergehen auf den Hintern. Toni hatte sich diese Unart, sehr zum Ärger des einen oder anderen Mädchens, angewöhnt. Er war mit dem Mädchen nicht alleine. Einige Buben aus dem Heim waren in seiner Begleitung. Diese brachen in ein wildes Gegröle aus, als sich besagtes Mädchen blitzschnell um die eigene Achse drehte und ihm eine saftige Ohrfeige gab. Die hatte aber auch gesessen. Tonis Backe war wohl rot wie Blut, denn er fühlte sie heiß wie Feuer brennen. Scheiße! Was hatte er jetzt nur angestellt? Es war zu einer dummen Angewohnheit von ihm geworden, dies zu tun. Wie ärgerlich! Da stand er jetzt wie ein begossener Pudel herum, während die anwesenden Jungs durch ihr Gelächter den Zorn des Mädels nur noch verstärkten. Sie ließ sich eine solche Verhaltensweise jedoch nicht gefallen, sondern drohte damit, ihn anzuzeigen. Ihrem Chef wollte sie Meldung über diesen Vorfall machen. Eine solche Meldung war Wasser auf die Mühlen gegossen. Dieser Mann würde dann aus einer Mücke einen Elefanten machen. Daher wurde ihm jetzt angst und bange. Diese Angelegenheit würde nur den Schließungsprozess beschleunigen. Das war nicht gut. Damit lieferte er diesem Menschen einen weiteren Grund, das Heim dichtzumachen. Toni ärgerte sich über sich selbst und seine Unüberlegtheit. Dieses Mädchen schien mit ihrer Drohung nicht zu spaßen. Alles Bitten und Betteln half nichts. Als sie ihn nach seinem Namen fragte, überlegte er blitzschnell, ob er ihr einen falschen Namen nennen sollte, doch fiel ihm keiner ein und der Dauer des Überlegens wegen schien sie argwöhnisch zu werden. Sie kniff die Augen ein wenig zusammen, legte den Kopf zur Seite und sah ihn mit einem messerscharfen Blick erwartungsvoll an. Lauernd wie ein schlauer Fuchs. So als wartete sie nur darauf, dass ihr gegenüber mit einer Lüge kam. Toni wurde unsicher. Er druckste herum, stotterte, doch letztendlich gab er seine wahre Identität preis, und als er ihr seinen Namen nannte, meinte sie, sie habe einen Bruder, der ebenfalls Toni heiße. Es handle sich um eine traurige Geschichte, meinte sie trocken und zeigte kein großes Interesse, darüber zu sprechen. Doch da Toni die ganzen Jahre von dem eigenen Leid gegeißelt worden war, besaß er einen Rezeptor für menschliches Mitgefühl. Jetzt ließ er nicht mehr locker. Dann begann sie über ebendiesen Bruder zu erzählen. Es tat ihr augenscheinlich weh. Toni bemerkte, wie sich ihre Augen mit Tränen füllten und sie eine rote Nasenspitze bekam. Im Verlauf des weiteren Gespräches stellte sich heraus, dass sie noch einen weiteren Bruder vermisste und dieser sich Chico nannte, doch konnte sie sich nicht erinnern, wo sich die beiden Brüder befanden. Vor Jahren waren sie in ein Heim gebracht worden und irgendwann hatten sich die Spuren im Nirgendwo verloren. Die Sorge um die beiden kleinen Familienmitglieder war durch eigene Nöte verdrängt worden. Doch waren beide nie ganz vergessen worden. Mit seinem Handrücken streichelte er unbeholfen ihre Wange und auch seine Augen wurden feucht. Toni hatte sich immer und immer wieder vorgestellt, wie es wohl wäre, wenn er eines Tages mit seiner Familie zusammentreffen würde. Doch jetzt war alles ganz anders als erwartet, denn als sie sich vorstellte und ihren Namen mit Melitta angab, da schossen Toni die Tränen nur so aus den Augen und er fiel dem verblüfft dastehenden Mädchen um den Hals. Melitta war eine seiner Schwestern. Als hätte er Angst, das eben wiedergefundene Familienmitglied aus den Augen zu verlieren, ließ er Melitta stehen und rannte aufgeregt davon, dabei rief er ihr noch zu, sie solle unbedingt stehen bleiben und auf den kleinen Bruder warten. Außer Atem kam Toni droben im Heim an und packte Chico am Hemdsärmel. Er war zu aufgeregt, um etwas zu sagen. Mit den Gedanken war er bei seiner eben gefundenen Schwester. Hoffentlich hatte sie ihn verstanden. Begriffen, dass er ihr verlorener Bruder war und sich auch Chico hier befand. Angst befiel ihn, sie könne bei seiner angekündigten Rückkehr nicht mehr da sein. Dabei bekam er kein Wort über die Lippen. Nur widerwillig folgte Chico dem Drängen seines älteren Bruders. Letztendlich ließ er sich von der Nervosität seines Bruders mitreißen. Gemeinsam rannten beide Jungen aus dem Haus und dann den Weg hinab zur Straße hin, wo das Mädchen Melitta wartete. Als Toni sie dort stehen sah, fiel ihm eine Last vom Herzen. Keine fünf Minuten später standen sich die drei Geschwister gegenüber und konnten das Glück nicht fassen. Alle drei lagen sich überglücklich in den Armen, und so manche Freudenträne lief über die Wangen der Geschwister und fiel zu Boden. Das war aber eine gelungene Überraschung! »Wenn du Frechdachs mir nicht auf den Popo gehauen hättest, hätten wir weiterhin hier nebeneinander hergelebt!« Dabei strahlte ihr Gesicht vor Freude, so hell wie der Mond nur scheinen mag, dann kniff sie ihm liebevoll in die Backe. Melitta zögerte nicht lange, sondern rief noch in der gleichen Stunde eine Nummer in Mannheim an. Am anderen Ende gelangte nach einigem Warten die Mutter der drei an den Apparat. Außer sich vor Freude berichtete Melitta ihrer Mutter von dem Wiedersehen mit den so lange verschollenen Jungs. Auch die Mutter schien sich zu freuen, endlich Gewissheit über den Verbleib ihrer beiden jüngsten Kinder zu haben, und versprach, sie im Heim abzuholen. Sie sollten ein paar Tage bei ihr verbringen. So viele Jahre waren vergangen, und nun sollten sie nicht nur Melitta, ihrer Schwester, begegnet sein, sondern auch die Mutter wiedersehen. In die anfängliche Freude mischte sich Skepsis. Beide konnten sich nicht mehr so richtig an die eigene Mutter erinnern. Wie und wann würde es zu dem erhofften Wiedersehen Kommen? Kein Wunder, dass Toni und Chico diese Nacht lange wach lagen und ihnen eine Frage nach der anderen durch den Kopf ging. Ihre Ängste und Fragen sollten jedoch bald gestillt werden!

Schon am nächsten Tag stand die Mutter vor der Tür des Heimes. Sie war nicht allein gekommen. In ihrer Begleitung befand sich ein fremder Mann. Zwischen diesen beiden verbarg sich ein etwas schüchtern dreinblickender Bub. Er verbarg sich hinter den beiden Erwachsenen und schaute scheu und neugierig zu ihnen hinüber. Der Mann an der Seite ihrer Mutter war der neue Ehemann. Also von nun an ihr Stiefvater. Carmelo L. war sein Name und der Bub in ihrer Mitte nannte sich Salvatore. In die anfängliche Freude über das Wiedersehen mit der Mutter mischte sich ein Wermutstropfen. Wohl hatten beide geglaubt, die Mutter nach so langer Zeit für sich alleine zu haben. Doch das sollte nicht so sein. Es war eine distanzierte Begrüßung. Carmelo, Mutters neuer Mann, drängte darauf, so schnell als möglich zurückzufahren. Gefühlsduselei war das in seinen Augen, die er mit Verachtung bestrafte. Dass sich Mutter nach so langen Jahren mit ihren beiden Buben in den Armen lag, dafür hatte dieser Mann kein Verständnis. Auch der Besuch bei Melitta war damit nur für kurze Dauer. Diese musste zurückbleiben. Gemeinsam fuhren sie nach Mannheim-Wohlgelegen, wo Mutter mit Carmelo und Salvatore am Eisenlohrplatz wohnte. Salvatore war von nun an ihr kleiner Bruder. Von Toni wurde er sofort akzeptiert. Auch Chico fand seinen neuen kleinen Bruder liebenswert. So gut wie sich die Kinder verstanden, so negativ entwickelte sich die Beziehung zum neuen Vater. Da Salvatore der Jüngste war, bekamen die beiden Älteren den Auftrag, auf den Kleinen aufzupassen. Sie waren für den kleinen Bruder verantwortlich. Immer wenn irgendetwas Negatives geschehen war, bekamen es Toni und Chico zu spüren. Dieser Carmelo war ein rauer Typ. Er hatte enorme Kraft und konnte recht hart zu schlagen. Dabei griff er auch mal zu einem Besenstiel, einem Gürtel oder dem Handfeger, um seinen Unmut kundzutun. Diese Ungerechtigkeit aber konnte das Verhältnis zwischen den drei Brüdern nicht trüben. Die Attacken des Stiefvaters wurden am Ende so schlimm, dass Toni den Verstand verlor und mit einer Axt auf diesen losging, gerade als er wieder mal ungerechterweise auf Chico einschlug. Der Jähzorn stand in seinen Augen. Als er, die Axt über dem Kopf schwingend, auf seinen Stiefvater losrannte und es diesem klar schien, dass der auf ihn zurennende Junge gewillt war, von dem in seiner Hand befindlichen Mordwerkzeug tödlichen Gebrauch zu machen, erstarrte dieser. Da machte Carmelo aber Augen und Toni konnte das ängstliche Flackern darin erkennen. Bevor Toni Salvatores Vater hatte treffen können, war dieser aus dem Haus geflüchtet und hatte sich so in Sicherheit gebracht. Carmelo stellte Gertrud danach vor die Wahl, entweder die Söhne oder er. Damit hatte die Wiedersehensfreude genau drei Monate gedauert und die beiden nahmen Abschied von Salvatore und der Mutter. Carmelo hatte es vorgezogen, nicht im Hause zu sein, um sich von seinen Stiefsöhnen nicht verabschieden zu müssen. Toni und Chico wurden danach in ein Kinderheim in der Rheinau eingeliefert, wo sie für vier Wochen blieben. Es gehörte zur AWO. Niemand kümmerte sich um die Insassen. Sie hätten genauso gut auf der Straße leben können. Alle waren sich selbst überlassen. Ob sich die Jungen in dem Haus aufhielten oder nicht, wollte kein

Mensch wissen. So verbrachte Toni die meiste Zeit mit Freunden auf der Straße. Die meisten waren ebenfalls aus dem Heim. Ohne seinen Bruder! Der war den anderen Gangmitgliedern zu jung. Chico blieb daher artig dort im Heim. So kam es schon bald zu den ersten kleineren Delikten, an denen Toni beteiligt war, die jedoch unentdeckt blieben. Dieses Heim hatte in Tonis Erinnerungen keinen besonderen Platz, im Gegensatz zu dem, was dann kam. Hier langweilig bis zum Geht nicht mehr und dort wie die Vorhölle auf Erden. Noch heute stellt sich Toni die Frage, wie sich die für die Erziehung elternloser Jugendlicher Verantwortlichen für solche Missgriffe entscheiden können. Das waren keine Kinderheime, das waren brutale Zuchtanstalten. Die dort tätigen Erzieher waren zum Großteil brutale Schweine. So auch dieser verkappte Nazi, auf den Toni jetzt treffen sollte. Von der AWO in der Rheinau ging es nach Wertheim zu der Familie Zimmerlong. Ein älteres Ehepaar mit drei Töchtern. Die Frau des Hauses war die Betreiberin dieses Heimes. Ihr Mann war ein Boxfanatiker, der jeden im Heim untergebrachten Jungen zwang, in den örtlichen Box- oder Judoverein zu gehen. Was Toni an dieser Familie auffiel, war die Tatsache, dass sie sich sehr fromm gab. Gut katholisch! Warum nur? Immer wieder das gleiche Übel. War jemand sehr fromm und gläubig, war er auf der anderen Seite hart und herzlos! Mindestens einmal in der Woche ging es in die Kirche. Es verstand sich von selbst, dass alle im Hause lebenden Personen am Kirchgang teilhaben mussten. Von Menschenliebe predigten sie, doch praktizieren taten sie nichts dergleichen. Die Jungs waren gezwungen, sich selbst zu erziehen. Bei jeglichem Ausrutscher ging es in den Hof, wo sich ein Boxring befand, und dort musste der Übeltäter gegen den Stärksten der Belegschaft antreten. Es gab anständig Haue. Mitleid gab es nicht. Von wegen einen Schwächeren schonen. Nix da! Zucht und Ordnung mussten sein. Wer es gar arg trieb, auf den wartete die Hundehütte. Eigentlich ein garagenähnlicher Schuppen, der von einem Garagentor zum Hof hin verschlossen war. Nur eine vergitterte Fensteröffnung ließ das Tageslicht herein. Bis zu einer Woche konnte man dort eingesperrt werden, je nach der Schwere des einem zur Last gelegten Vergehens. Oft wünschte sich Toni daher eine Rückkehr nach Todtnauberg. Doch im Laufe der letzten Monate war dieses Heim dort im Schwarzwald aufgelöst und das Gebäude niedergerissen worden. Dies erfuhr er jedoch erst viel, viel später. Ganze zwei Jahre war Toni diesen strengen Verhältnissen bei der Familie Zimmerlong ausgesetzt, dann durften die beiden Brüder zu ihrer Mutter nach Mannheim zurück. Der Grund war der, dass Toni mit noch zwei anderen Jungen den Opferstock in der Kirche aufgebrochen hatte. Der Betrag, den sie dabei erbeutet hatten, war nicht unerheblich. Kinobesuch mit einer extragroßen Eisportion war gesichert. Aber nicht nur dies konnten sie sich leisten. Das Geld wollte kein Ende nehmen. Auch neue Klamotten und Schuhe waren bezahlbar. Zudem zeigten sich die Übeltäter recht spendabel ihren Mitmenschen gegenüber. Sie machten sich keinerlei Gewissensbisse über ihr Fehlverhalten. Ihrer Meinung nach hatte die Kirche ja genug Geld, das doch eigentlich für die Armen sein sollte. Was der Hochwürden nicht tat, nahmen sie nun in die Hand. Sie verteilten den Reichtum an die Bedürftigen. In erster Linie dachten sie dabei an sich selbst, aber auch für andere, ja wildfremde Menschen hatten sie ein Herz. Zurück im Heim, wurden die Kirchendiebe als solche überführt und von Frau Zimmerlong des Hauses verwiesen. Mutter hatte inzwischen einen neuen Freund. Carmelo hatte sie verlassen und sich auch gleichzeitig von seinem Sohn getrennt. Carmelo war nach Argentinien ausgewandert. Den sollten sie also nicht so schnell wiedersehen! Der Jetzige war ein noch brutaleres Schwein als der Vorgänger. Zudem war er ein Säufer, der sich nur in den schäbigsten Kneipen herumtrieb. Er schlug nicht nur die Jungs, sondern auch die Mutter zum wiederholten Male. Diese war zwischenzeitlich von ihrem Ehemann, diesem Carmelo L., geschieden worden und wohnte jetzt in der Itzsteinstraße in der Nähe des Mannheimer Puffs. Dieser neue Mann hatte Mutter finanziell ruiniert. Mit den Schulden, die sich angehäuft hatten, kam der soziale Abstieg. Toni kochte vor Wut, wenn er sah, wie seine Mutter verprügelt wurde; sie wollte jedoch nicht, dass sich ihre Söhne einmischten. Aus purer Angst, wieder alleine, ohne einen Mann an ihrer Seite dazustehen. Da konnte man nur mit dem Kopf schütteln. Wie sollte Toni dieses Verhalten auch verstehen in seinem Alter? Doch eines Tages war es wieder so weit. Mutter bekam die Faust dieses Mannes zu spüren, und da mischte sich Toni ein. Die Verteidigung seiner Mutter war so heftig, dass sich dieser Drecksack nur durch Flucht einer schlimmeren Bestrafung entziehen konnte.

»So einen Typ hatte Mutter nicht verdient«, meint Toni. »Sie war überdies in einem sehr schlechten Gesundheitszustand«, erinnert er sich. »Daher konnte sie ihrer Arbeit nicht mehr in vollem Umfang nachgehen wie in früherer Zeit.«

Sie litt unter Diabetes, Gicht und Arthrose. Toni und sein Bruder Chico lebten danach wieder in der AWO. Jeden Tag aber kamen sie zur Mutter. Apachenblöcke wurden die Gebäude in der Itzsteinstraße genannt. Das war dann Mutters Adresse für den Rest ihres Lebens. Alleine der Name sagt ja alles. Ganz einfache Sozialbauten waren es. Sie glichen einem Taubenschlag. Eigentlich eine Schande, dort zu wohnen. Wer hier in diesem Viertel bestehen wollte, musste Härte zeigen, und das im wahrsten Sinne des Wortes. Schon gleich am ersten Tag konnte Toni seinen Willen, in dieser Gegend zu bestehen, auf die Probe stellen. Er half der Mutter beim Umzug. Dabei trug er die Kartons mit den Habseligkeiten nach oben in die Wohnung. Beim Betreten des Hauses verstellten ihm drei im Hause wohnende Jungs den Weg. Sie waren zweifellos auf eine körperliche Auseinandersetzung aus. Wie unter wilden Tieren sollte auch hier die Rangordnung festgelegt werden. Jetzt kam ihm die bei den Zimmerlongs gemachte Erfahrung zugute. Toni hatte dort geboxt, sich aber auch einige Kniffe im Judo angeeignet. Das sollten nun die drei Kontrahenten erfahren. Heinz, Kurt und Karl prügelten sich mit ihm, was das Zeug hielt. Keiner schenkte dem anderen etwas. Hier ging es um die Ehre! Nachdem alle eine blutige Nase und ein paar blaue Augen bekommen hatten, schlossen sie Freundschaft. Eine Freundschaft, die noch heute währt. Jahrzehnte danach treffen sie sich immer wieder. Tagtäglich steckten sie von nun an zusammen.

Es war purer Zeitvertreib, der sie dazu veranlasste, irgendwelche Händel auszufechten. Hier eine Schlägerei, dort eine andere. Doch auch dies wurde im Laufe der Zeit langweilig. Also steckten sie die Köpfe zusammen und dachten sich einen neuen Zeitvertreib aus. Am Anfang kleine Diebstähle.

»Automaten aufbrechen und so einen Scheiß.«

Wie schon in früheren Zeiten bei der AWO in der Rheinau. Im Laufe der Zeit gesellten sich dann immer mehr Jungs zu ihnen. Als Toni aus Wertheim kam, war er zwölf Jahre alt. Bis er seinen 15. Geburtstag feierte, hatte es Toni im Laufe der zurückliegenden drei Jahre auf etwa 500 Pkw- und Motorraddiebstähle und ganze 59 Einbrüche gebracht. Auch einige Körperverletzungen waren dabei. Der dümmste Einbruch, den sie begangen hatten, war, als sie in eine Fabrik eingedrungen waren, den Safe aufgehebelt und mehrere Tausend DM erbeutet hatten. 20 000! Das war eine Menge Geld. Anerkennend schlugen sie sich gegenseitig auf die Schultern. Für jeden von ihnen blieben da zwischen 3000 und 4000. Nicht schlecht, meinten sie. Doch als sie am nächsten Morgen die Tageszeitung öffneten, wurden sie weiß vor Wut. Mit der Überschrift »Die dümmsten Einbrecher Deutschlands« stand da zu lesen, dass diese zwar eine Menge Geld erbeutet hatten, doch den Betrag von 160 000 DM in der Besenkammer hätten sie übersehen. Wer hätte das auch ahnen können. Dieses ganze Geld waren die Lohngelder der Angestellten. Sie waren am Tag des Überfalles zu spät angeliefert worden und nicht zur Auszahlung gekommen. Daher hatte die Firmenleitung beschlossen, das ganze Geld in der Besenkammer zu deponieren und nicht im Safe. Na ja, so etwas nennt man eben Pech gehabt. Aber auch so machte die Bande um Toni gutes Geld. Dann kam der nächste Tresor. Im Eisstadion am neuen Messplatz. Dort stiegen sie ein und brachten den im Büro befindlichen Safe nach draußen und warfen diesen über den Zaun der Bundesgartenschau-Anlage. Stundenlang hebelten und stemmten sie an dem Schloss herum, bis sie auf ein leeres Inneres stießen. Danach vergruben sie den Tresor in der Grünanlage. Eine Zeit lang nutzten sie den Zwist zwischen den ortsansässigen Motorradclubs. So stahlen sie eine Maschine bei den Bones und verkauften diese den Hells Angels, dann wieder eine Maschine bei den Hells Angels und verhökerten diese an die Mitglieder des Gremiums und so weiter. Im Laufe dieser Zeit machte Toni die Bekanntschaft vieler sogenannter Rocker. Eines Tages dann hatten sie ihre eigene Motorradgang. Im Laufe der Zeit waren sie so stark angewachsen, dass sie über 70 Mitglieder zählten. Die Wiese-Brüder befanden sich unter ihnen. Sie waren bekannt und gefürchtet zugleich. Unter dem Namen »Junior Brothers« entwarfen sie eine eigene Kutte, die sie dann auch mit Stolz trugen. Die Hells Angels setzten gar fünf Mark Kopfgeld auf jede erbeutete Kutte ihrer Gang aus. Das ging dann so über eine Zeit, bis sie eines Tages auf dem neuen Messplatz von den altansässigen Rockern umstellt und aufgefordert, wurden ihre Kutten auszuziehen und sie auf den Boden zu werfen. Die meisten kamen der Aufforderung nach und wurden fürchterlich verdroschen. Nur die Jungs, die standhaft blieben und sich weigerten, ihre Kutten auszuziehen, wurden verschont. Unter ihnen war auch Toni. Wegen seiner großen, ge-

bogenen Nase bekam Toni den Spitznamen Geier und
jeder kannte ihn fortan nur unter diesem Pseudonym.
Von den älteren Freunden angestiftet, stahlen sie, was
das Zeug hielt. Nichts war vor ihnen sicher. Im Waldhof
stand ein Güterzug, beladen mit Elektrogeräten. Sie öffneten diesen und brachten die Ladung zu ihren Hehlern.
Zu dieser Zeit brach er des Nachts im Kiosk hinter dem
Kaufhaus Engelhorn & Sturm ein. Während Toni im
Kiosk selbst damit beschäftigt war, Whisky und Zigaretten in mitgebrachte Einkaufstüten zu verpacken, sollten seine Freunde draußen Schmiere stehen und ihn bei
Gefahr warnen. Da Toni immer Hunger hatte, füllte er
ein ganzes Dutzend Wienerle in den Kochapparat. Groß
war der Schreck, als Toni plötzlich von einem Passanten
angesprochen wurde mit der Frage, ob er ein Paar Wienerle haben könne. Er war durch den Duft aufmerksam
und von einem riesigen Hungergefühl befallen worden.
Keiner der Schmiere stehenden Freunde hatte diesen
Mann bemerkt. Nachdem Toni den nächtlichen Spa-
ziergänger bedient hatte und dieser in einer der dunklen
Seitenstraßen verschwunden war, beeilte sich Toni, den
Ort des Geschehens schnellstens zu verlassen. Verärgert
über die Sorglosigkeit der Freunde war er gewesen. Statt
um einen Passanten hätte es sich bei dem hungrigen
Mann auch um einen Polizisten handeln können. Zur
Strafe behielt er die gesamte Beute und brachte sie nach
Hause und übergab Getränke und Zigaretten an seine
Mutter. Später, er war so um die 13 Jahre alt, gingen
sie in das stadtbekannte Kaufhaus Brenninkmeyer auf
Einkaufstour, um Klamotten zu klauen. Lange Mäntel
waren angesagt. Die Zuhälter standen auf diese Din-

ger. Auf dem Weg in die Herrenabteilung kamen sie an dem Verkaufsstand vorbei, an dem Fahrräder und Motorräder ausgestellt waren. Einer der Jungs hatte eine 50-Kubik-Herkules im Visier, bei der der Zündschlüssel steckte. Im nächsten Augenblick saß er auch schon auf der Maschine und fuhr los. Vor den Augen der verblüfften Verkäufer und der Kunden fuhr er durch das Gebäude, dann durch die offen stehende Eingangstür auf die Straße hinaus und davon. Dann kam der Tag, der ihnen zum Verhängnis wurde. Sie hatten einen Lastwagen gestohlen und fuhren in der Neckarstadt von einem Lokal zum anderen, von einem Geschäft zum anderen, brachen ein und transportierten die Beute in die Nähe von der Bratröhre, wo sie den Lkw mitsamt der Beute parkten. Die Bratröhre war ein bekannter Treffpunkt am Straßenstrich. Hier versammelten sich Nutten, Zuhälter, Mitternachtsschlosser, Rocker, Taschendiebe und Penner. Am nächsten Tag dann wollten sie genauer überlegen, was mit der Beute geschehen sollte. Zu dumm war nur, dass das Fahrzeug mittlerweile als gestohlen gemeldet worden war und sich die Polizei für den dort abgestellten Lastwagen interessierte. Bald auch schon stellten die Bullen anhand der Fingerabdrücke fest, wer das Fahrzeug bewegt hatte. Leider war dieser für die Polizei kein unbeschriebenes Blatt. Auch war sein Wohnort bekannt, und damit trat der amtliche Weckdienst an dessen Bett. Da er die Namen aller Beteiligten bekannt gab, hatte die Polizei an diesem Morgen nicht nur den einen zu wecken. Toni schlief noch, als die Beamten an sein Bett traten und ihn unsanft aus dem Schlaf rissen. Sie nahmen ihn mit auf die Wache, wo sie ihn zu dem

Raubzug durch die Neckarstadt verhörten, dann kamen sie auf den Bahnwaggon im Bahnhof von Waldhof zu sprechen. Sie hatten diesen Bernd aus der Filsbach beim Schmierestehen geschnappt und der hatte gezwitschert wie ein verliebter Wellensittich. Die Staatsanwaltschaft hatte ihm in Aussicht gestellt, dass er straffrei ausgehen würde, wenn er die Namen der Mittäter preisgab. Letzten Endes sei er doch gar nicht an dem Raub beteiligt gewesen. Das war für den Kerl einleuchtend. Die von den verhörenden Beamten geschilderten Zustände im Knast, die auf ihn warteten, taten ihr Übriges. Um somit seine Haut zu retten, sang er. Auch Dinge, an denen er nicht beteiligt gewesen war, sondern die er nur vom Hörensagen kannte, die verriet er jetzt.

»Eigentlich waren wir selbst schuld daran, dass er uns verraten konnte, hatten wir doch immer mit unseren Taten geprahlt«, gesteht Toni jetzt. Sie wollten eben den anderen zeigen, was für Kerle sie waren.

Neun Tage saß er in Mannheim in Untersuchungshaft, dann wurde er bis zur Verhandlung auf freien Fuß gesetzt. Der Bernd aus Filsbach wurde als Einziger auf Bewährung verurteilt. Alle anderen erhielten Gefängnisstrafen. Am 18. Dezember 1977 wurde er, Toni, mitten in der Verhandlung verhaftet und wegen all der ihm zur Last gelegten Delikte zu dreieinhalb Jahren Jugendhaft ohne Bewährung verurteilt. Die ersten vier Wochen kam er nach Adelsheim in Jugendhaft, bis ihn die Einweisungskommission zurück in die JVA Mannheim schickte.

»Mit Kopfkissen, Decke, Bettzeug und persönlichen Hygieneutensilien auf den ausgestreckten Armen wurde ich in den Zellentrakt geführt, der von nun an mein Zuhause sein sollte. Als ich in diesen hohen domartigen Bau trat, blieb ich für den Bruchteil eines Momentes wie erstarrt stehen. Ich fühlte mich so alleine und mir wurde richtig angst. Jeder noch so stille Laut wurde fast orkanartig mit vielfachem Echo von den dicken Anstaltsmauern zurückgeworfen. Ja, ich hatte Angst! Ein Gefühl, das mir im Laufe der letzten Jahre abhandengekommen war.«

Doch dann erklang der ihm geltende Ausruf: »Geyer!« Zuerst war es nur die Stimme einer Person. Doch bald erklang sein Spitzname aus mehreren Zellen heraus. Ein Stein fiel ihm vom Herzen. Da saßen ihm bekannte Gesichter ein. Gleich spürte er die alte Sicherheit und es überkam ihn ein Gefühl der Stärke. Vergessen war der Moment des Bangens. So erinnert sich Toni an den ersten Tag in Mannheim. Oft hatte Toni das Mannheimer Gefängnis von außen gesehen. Es war ihm also auf eine gewisse Art und Weise bekannt. Doch hatte er kein einziges Mal daran gedacht, diese Anlage auch von innen kennenzulernen. Auch wenn es nicht der Wahrheit entsprach, so redete er sich damals ein, die Mannheimer Luft sei besser als sonst irgendwo auf der Welt. Hier würde er sich bald wie zu Hause fühlen. Noch in Gedanken versunken stand er da, als er die raue Stimme des Wärters hinter sich vernahm. »Auf!« Der Beamte hatte seine Hand hart auf Tonis Schulter gelegt und gab mit leichtem Druck die Richtung an, bis sie vor einer Zellentür zum Stehen kamen. Mit lautem Gepolter wurde diese geöffnet und Toni mit den Worten »Neuzugang« in den dahinter liegenden Raum geschoben. In der ihm zugewiesenen Zelle lagen drei weitere Jugendliche. Von diesen wurde er offen gemustert und dann nach dem Grund seiner Haft gefragt. Mit wenigen Worten gab er Auskunft. Mit den Straftaten, für die man verurteilt wurde, stieg oder fiel das Ansehen einer Person. Geringschätzig wurde er dabei von den anderen Mithäftlingen beobachtet. Warum diese ihn so argwöhnisch betrachteten, sollte Toni am Abend erfahren. Noch am gleichen Tag kam es zu einem unerwarteten Zwischenfall. Ein bereits länger Inhaftierter zerrte Toni in dessen Zelle und wollte sich an ihm vergehen. Doch das hatte er sich zu leicht vorgestellt. Toni wehrte sich mit Händen und Füßen, um der Umklammerung des Sexlüstlings zu entkommen. In der Nachbarzelle dieses Mannes lag kein Geringerer als Charly Graf. Von dem Kampfeslärm angelockt, kam dieser herein, und als er Toni erkannte, griff er sich diesen Typ und mit nur einigen Fausthieben streckte Charly Graf diesen Kerl zu Boden. Ein Glück also für Toni. Dieser Charly war eine Zeit lang der Freund von Tonis Schwester gewesen. Diesem Umstand hatte es nun der Junge zu verdanken, dass er nicht vergewaltigt wurde. Von den durch den Lärm alarmierten Wärtern wurde der Übeltäter in das Krankenrevier verlegt. Somit sollte Toni vor diesem Kerl seine Ruhe haben. Charly freute sich so sehr, Toni wiederzusehen, dass er in seine Zelle ging und gleich darauf mit zwei vollen Einkaufstüten zurückkam. Er übergab diese an Toni, der diese Geschenke dankbar entgegennahm. In den Taschen befanden sich viele wichtige Artikel, die man gerade hier im Knast gut gebrauchen konnte. Kaffee, Dosenmilch, Hygieneartikel und zu guter Letzt auch noch Tabak, der begehrteste

Besitz, von Drogen abgesehen. Merkwürdigerweise wollten die jungen Zellengenossen davon keine Anteile. Das war nicht üblich! Doch warum seine neuen Freunde ablehnten, sollte Toni sogleich erfahren. Welche Ehre, denn sie hatten ihn für würdig erkannt, ihr Vertrauen zu teilen. Sie weihten ihn daher in ein Geheimnis ein. Heimlich hatten die drei Insassen im Laufe der letzten Wochen einen Durchgang geschaffen, der durch den Zellenboden in das darunterliegende Stockwerk führte. Was die Zellengenossen herausgefunden hatten, war die Tatsache, dass sich genau unter ihrer Zelle der Kiosk befand. Dieser wurde nur einmal im Monat zum Verkauf geöffnet. Das wiederum hatte die Jungs nicht zur Ruhe kommen lassen. Immer wenn es Lohn bzw. Taschengeld gab, wurde der Kiosk für ein oder zwei Stunden zum begehrten Treffpunkt aller Knackis. Da konnten sich alle Häftlinge Tabak und Zigarettenpapier, Kaffee oder Hygieneartikel kaufen. Danach wurde der besagte Laden wieder für den nächsten verkaufsoffenen Tag gefüllt und wartete einen ganzen Monat lang, um aufs Neue geleert zu werden. Doch dieses Mal sollte es nicht dazu kommen! Als nach dem Abendessen die Zellen verschlossen wurden, und sich alle zum Schlafen niederlegen sollten, wurden Tonis Zellennachbarn lebendig. Sie schoben behutsam die Stockbetten zur Seite und mit vereinten Kräften ging man daran, die noch vorhandene Decke zu durchbrechen, um danach in den darunterliegenden Raum zu steigen. Alles, was sich da befand, wurde nach oben gebracht. »Die werden vielleicht Augen machen«, flachsten die Jungen und stießen sich lachend mit den Ellenbogen in die Rippen. Unmengen an Ware stapelten sich in ihrer Zelle. Damit dies den Wärtern nicht gleich auffiel, ließen sie das meiste unten. Sie holten es nur bei Bedarf nach oben.

»Das war ein ganzes Stück Arbeit gewesen. Damals sahen wir das Ganze aus sportlicher Sicht. Jeder Tropfen Schweiß hatte sich angesichts der Menge an Ware, die vor uns lag, gelohnt. Doch das dicke Ende sollte noch kommen.«

Jetzt hatten sie fast einen Monat Zeit, um den ganzen geklauten Kram zu Geld zu machen oder selbst zu verbrauchen. Denn genau dann würden die Vollzugsbeamten den Diebstahl bemerken. Am Tag des Öffnens also. Eigentlich war das eine große Dummheit. Um einen Monat in Saus und Braus zu leben, riskierten sie, Monate oder gar Jahre Nachschlag zu empfangen. Aber Toni blieb nichts anderes übrig, als sich an dem Bruch zu beteiligen. Mitgefangen, mitgehangen! Auch wenn sich Toni nicht an der Sache beteiligt hätte, eine Strafe wegen passiver Mittäterschaft wäre ihm gewiss gewesen. Diese zu umgehen wäre nur durch Verrat möglich gewesen. Doch irgendjemanden zu verraten kam für ihn nicht infrage.

»Also, wenn ich schon bestraft werden sollte, dann nicht für umsonst«, bemerkt er salopp.

Einen Monat lang teilte er sich mit den anderen die Beute. Alle im Gefängnis Inhaftierten profitierten bis zum letzten Tag von der Dreistigkeit dieser Jungs. Dann kam die Stunde, in der die Türe zum Kiosk geöffnet wurde. Nicht vorzustellen, welche Gesichter die Schließer machten, als sie in die leeren Regale schauten. Man war den Übeltätern sogleich auf die Schliche gekommen, als das Loch in der Decke des Kiosks gefunden war.

»Das Loch war ja auch nicht zu übersehen, so groß
war es!«

Auf die Frage, wer den Plan ausgeheckt hätte, kam von
den vier Zellenbewohnern nur eisiges Schweigen und
für Toni ein Nachschlag von zwei Jahren. Das machte
mit den bisher dreieinhalb Jahren jetzt ganze fünf Jahre
Strafvollzug. Klar, dass sie alle in verschiedene Strafan-
stalten verlegt wurden. Hier in Mannheim wollte man
sie nicht mehr haben. Auch nicht voneinander getrennt
in verschiedenen Zellen. Damit zählte der Aufenthalt in
der JVA Mannheim schon zur Vergangenheit. Es ging
nach Schwäbisch Hall. Dort in der Justizvollzugsanstalt
machte Toni seinen Schulabschluss. Da er am Anfang
seiner Haftzeit einem Vollzugsbeamten eine Gabel in
den Bauch gerammt hatte, wurde seine Haftstrafe um
weitere sechs Monate erhöht. Später bekam er noch einmal zwei Jahre, weil er gemeinsam mit den anderen Zellengenossen einem Kinderschänder eine Waschmaschine
nebst Lenorflasche und einen Wäschekorb auf dessen
Rücken tätowiert hatte. Sowohl er als auch seine Mit-
häftlinge sahen dies als einen Ulk an. Doch der Richter
war da anderer Meinung. Für ihn war dies eine schwere
Körperverletzung. Auch wenn es sich bei dem Geschä-
digten um eine Sau handelte. Danach jedoch begann
sich Toni ernsthaft um seine Ausbildung zu sorgen. Er
wurde zum Musterknaben. Er nutzte die lange Haftzeit
und machte eine Maler- und Lackiererlehre. Nachdem
er über die Hälfte seiner Strafe abgesessen hatte und sich
gut führte, bekam er Urlaub. Er nutzte diesen ausgiebig,
sodass er am Ende gar nicht mehr hinter Gitter wollte
und sich dafür entschied, in der Fremdenlegion eine neue

Zukunft zu finden. Er glaubte damit seinem Leben eine neue Richtung geben zu können. Es war ja allgemein bekannt, dass man dort seine Identität wechseln konnte. Diese Aussicht ließ ihn positiv in die Zukunft schauen. Nachdem er noch einmal seinen Freigang ausgiebig gefeiert hatte, setzte er sich in den Zug nach Marseille. Das Abschiednehmen hatte ihn ermüdet. Um nicht gleich negativ aufzufallen, wollte er den in der letzten Nacht versäumten Schlaf während der Fahrt nachholen. Marseille, das lag ja nicht gerade um der Ecke. Gleich nach Beginn der Fahrt fiel Toni in einen erholsamen Schlaf. Heute gibt es zwischen Deutschland und Frankreich keine Grenzkontrollen mehr, damals gab es sie noch. So standen, wie aus dem Erdboden geschossen, zwei Zöllner vor ihm und fragten nach dem Woher und Wohin. Letztendlich wollten sie seinen Ausweis sehen, der ihm aber von der Gefängnisverwaltung vorsorglich abgenommen worden war. Was jetzt? Blitzschnell reagierte er. Seinen Personalausweis habe er zu Hause vergessen, gab er an und glaubte, die Beamten damit überzeugen zu können. Nach dem Namen gefragt, gab er den Namen Salvatore W. an, den Namen seines jüngeren Bruders. Die beiden Uniformierten warfen sich einen fragenden Blick zu. Klang für sie wohl nicht glaubwürdig genug. Denn sie machten keine Anstalten, die Kontrolle zu beenden. Hatte er zu schlecht gelogen? Klang wohl nicht überzeugend genug? Denn die Beamten holten ihn aus dem Zug und nahmen ihn mit ins Büro, wo sich herausstellte, dass dieser Salvatore W. fast noch ein Kind war. Nun ja, hier endete der Traum von der Legion und einem Leben in Freiheit. Es ging wieder hinter Gitter. Na, vielleicht war dies nicht das Schlechteste, was ihm jetzt passierte. Der Aufenthalt in der Legion war ja bekanntlich auch kein Zuckerschlecken. Zuerst brachten ihn die Beamten des Vollzuges vorübergehend nach Oldenburg. Bald darauf ging es nach Ravensburg. Einen weiteren Freigang konnte er nach dieser Geschichte vergessen, den gab es nicht mehr! Jetzt hatte er damit genug Zeit vor sich, und so machte Toni eine weitere Ausbildung. Eine Schreinerlehre. Am Ende war er gelernter Maler und Lackierer sowie auch Schreiner.

»Aus dieser Sicht hatte sich der Knast für mich gelohnt«, denkt er laut vor sich hin. »Aber wer weiß, wenn ich nicht ins Heim gekommen wäre, ob ich da nicht noch mehr erreicht hätte?«

Wohl denkt er dabei an seinen großen Bruder Kurt und gar den kleinen Chico, dem er so oft den Rücken frei gehalten hatte. Die haben ihren Weg gemacht. Auch Salvatore war eine Zeit lang in einem Heim gewesen, aber auch er hatte sich von schlechten Einflüssen einigermaßen fernhalten können. 1985 wurde Toni mit 24, fast 25 Jahren aus der Haft entlassen.

»Ich wollte nicht mehr zurück in den Knast«, gibt Toni resigniert von sich, »aber mein altes Leben verfolgte mich immer und immer wieder.«

So fand er sich nach der Entlassung auf der Straße wieder. So geht es bis auf ganz wenige Ausnahmen doch allen, die einmal hinter Gittern waren. Es waren auch nicht alle, die ihm nach seiner Entlassung begegneten, wahre Freunde. Kumpel vielleicht, aber keine Freunde. Damit geriet er wieder auf die schiefe Bahn. Einbrüche, Schlägereien, Diebstähle und Drogenhandel waren

Garant seines Lebensunterhaltes. Das Einzige, was Toni entschieden ablehnte, war die Zuhälterei. Damit wollte er absolut nichts zu tun haben. Viele seiner Bekannten sahen das anders. Aber das war eben ihre Sache. Seit Toni aus dem Knast entlassen worden war, hatte er keinen festen Wohnsitz mehr gehabt.

»Ich schlief heute hier und morgen dort.«

Er hielt sich nicht mehr lange am gleichen Ort auf. Womöglich war dies der Grund, dass er nicht von der Polizei behelligt wurde. Einige seiner früheren Freunde hatten sich nach ihrer Haftentlassung selbstständig gemacht. Hiervon ließ er sich inspirieren. Das wollte er nun auch versuchen. Was aber sollte er tun? Somit fing er einige Dinge an, hatte auch hier und da gearbeitet. Ganz anständig und bieder, doch der erhoffte Erfolg blieb aus. Dann bekam er ein Angebot, das er sich nicht hätte träumen lassen. Die Bank bot ihm ein Gründerdarlehen in Höhe von 750 000 DM an. Ja, wirklich! Unglaublich, aber er war keinem Hörfehler verfallen. Was für ein Jubel! Kein Wunder, dass sich Toni dieses Angebot nicht entgehen ließ. Er hatte noch nie so viel Geld auf einmal in der Hand gehabt und dachte erst einmal darüber nach, Urlaub zu machen. Seine Firmengründung, damit hatte er immer noch Zeit, wenn er aus diesem, dem erhofften Urlaub zurückkam. So ging es zuerst nach Thailand, dann Ägypten, Türkei und Spanien. Hatte Toni in den letzten Jahren so vieles entbehren müssen, war es daher für ihn verständlich, alles so schnell als möglich nachzuholen. Überall, wo er hinkam, war er ein gern gesehener Gast. Er hatte ja genug Fett in der Tasche, um zu schmieren! Das Beste vom Besten war ihm gerade gut genug. So hielt er sich auch auf der Insel Mallorca auf, wo er seinen Geburtstag feierte. Doch alleine wollte er dies nicht tun. Also lud er all seine Freunde aus Deutschland ein. Selbstverständlich kam er nicht nur für den Hotelaufenthalt für diese auf, sondern auch für An- und Abreise. Er ließ sich auch nicht lumpen, wie man so schön sagt. Für alles hatte er gesorgt. Es gab zu essen und zu trinken, was das Herz begehrte. Für Musik und Frauen war gesorgt. Aber auch für den Stoff, aus dem die Träume sind. An so ein rauschendes Fest erinnern sich die geladenen Gäste von damals noch heute. Dessen ist sich Toni sicher. Das war eine rauschende Party, die den Gästen wohl in Erinnerung blieb. Lange nachdem diese abgereist waren, verließ auch Toni die schöne Ferieninsel und machte sich mit dem letzten Geld auf in die Heimat. In Deutschland angekommen, musste er der Bank erklären, dass sie auf das falsche Pferd gesetzt hatten und ihr Geld wohl nicht mehr wiedersehen würden. Was für ein Pech aber auch! 1994 starb Tonis Mutter. Die Ärzte hatten ihr das Bein amputiert, weil es schlecht oder gar nicht durchblutet wurde. Mutter rauchte wie ein Schlot bis zum Schluss. Sie hatte in einem Heim ihre letzten Tage verbracht. Dort hatte niemand bemerkt, dass ihr Bein über Wochen schwarz angelaufen war. Somit war eine Amputation unumgänglich geworden. Aus der Narkose bei dieser OP wachte Mutter Gertrud nicht mehr auf. Der endgültige Verlust der Mutter geht ihm doch sehr nahe. Auch wenn sie ihn damals im Stich gelassen hatte und er ihretwegen durch die Hölle gehen musste, sie war und blieb für ihn die geliebte Mutter. Seinen Vater Paolo hatte Toni schon früher, vor dem Tod der

Mutter, verloren. Vater war Dialysepatient gewesen, lehnte jedoch jegliche Behandlung ab. Das Ende vom Lied war dann der Besuch des Mannes mit der Sense, der uns alle irgendwann holen kommt, ob wir wollen oder nicht. Zwei Jahre später, genauer gesagt 1996, lernte Toni eine Frau kennen, mit der er in einem eheähnlichen Verhältnis lebt. Dass diese Frau eine Tochter mit in die Gemeinschaft bringt, stört ihn nicht. Im Gegenteil! Er nimmt das Mädchen wie seine eigene Tochter auf und kümmert sich um diese wie ein Vater. Acht Jahre hält diese Beziehung, dann trennen sich beide und gehen ihre eigenen Wege. Nach der Trennung von seiner Freundin wohnt er bei einem Kumpel in Reutlingen. Da Toni kein Mann von Leid und Schmerz ist geht er natürlich nicht zu einem Arzt, wenn es irgendwo zwickt. Nach dem Motto »Das gibt sich wieder« schiebt er diesen Gang vor sich her. Unverständlich ist für ihn, dass er ständig Nasenbluten bekommt. So war es nur eine Frage der Zeit, wann sich sein Zustand verschlechtern musste. Eines Tages dann brach er in der Innenstadt Reutlingens zusammen und wachte erst wieder in einem Krankenhaus auf. Dort offenbarten ihm die ihn behandelnden Ärzte den Grund seines Zusammenbruches. Beide Nieren hatten ihre Funktion eingestellt. Von nun an musste er in immer kleineren Zeitabständen zur Dialyse. Sich seines aussichtslosen Gesundheitszustandes bewusst, zog Toni zurück nach Mannheim. Immerhin hatte er hier seine Familienangehörigen und Freunde. Die erste Zeit wohnte er als Wohnungsloser im Männerwohnheim in U5. Mit anderen vom Leben aus der Bahn geworfenen Persönlichkeiten lebte er dort über Monate unter ein und

128

demselben Dach. Arbeiten konnte und durfte er auf Anraten der Ärzte nicht. Das war anfangs eine nette Aussicht, doch bald schon wurde es recht langweilig! Dafür hatte er also eine Maler- und Schreinerlehre gemacht?

»Ja, irgendwie Scheiße«, stellt Toni resigniert fest.

Sein Hauptanliegen besteht von da an darin, eine kleine Wohnung zu suchen. Auch wenn es nicht gerade leicht ist, als ehemaliger Knastbruder etwas in einer zivilisierten Gegend zu finden, gibt er die Hoffnung nicht auf. Solange war er auf der Suche, bis er eine kleine Wohnung in der Neckarstadt fand. Es blieb auch nicht bei einem einzigen Mal, dass er zusammenbrach. Zu allem Übel kam es dann auch noch zu Herzproblemen, von zu hohem Blutdruck ganz abgesehen. Eine ihm bekannte Ärztin sorgte dafür, dass er sofort operiert wurde und dass er auf eine Liste gesetzt wurde für die Transplantation einer Niere. Doch auf diesen Eingriff wartet er noch heute. Wie ein braver Bürger, der nie mit dem Gesetz in Konflikt gekommen ist, lebt Toni in seiner Heimatstadt und niemand muss mehr befürchten, durch ihn zu Schaden zu kommen. Nur noch selten geht er aus dem Hause, da er ohnehin mit seiner Rente keine großen Sprünge machen kann. Dreimal in der Woche muss er zudem ins Krankenhaus. Dort verbringt er dann den halben Tag an der Maschine angeschlossen, die ihm das Gift aus dem Blut wäscht. Er trinkt nicht, raucht nicht, oder wenn, dann doch sehr wenig. Er hat auch sonst keinerlei weitere Laster. Dann und wann wird Toni von seinen alten Bikerfreunden abgeholt und verbringt in ihrem Kreise einen geselligen Nachmittag. Ihm geht es nicht besonders, aber er klagt nicht, sondern nimmt es, wie es kommt. Es hätte besser kommen können, doch das war sein ihm auferlegtes Schicksal.

So mancher, der diese Geschichte liest, wird keinerlei Sympathie für Antonio W., genannt Toni, aufbringen können oder wollen. Womöglich stellt man mit Schadenfreude fest, dass dieser doch am Ende seine gerechte Strafe erhielt. Ja, er hat viele Menschen zu Opfern gemacht, doch dürfen wir nicht vergessen, er war zuerst zum Opfer gemacht worden. Man behandelt kein kleines, wehrloses Kind, wie man ihn behandelt hat. Tut man es doch, so darf man sich nicht wundern. Angesichts der vielen Straftäter muss man sich die Frage gefallen lassen, inwieweit wir, die Gesellschaft, eine Mitschuld an diesen Zuständen haben. Nicht mit Zucht und Härte können wir dies ändern, sondern mit Vernunft und einem guten Beispiel sollten wir als Eltern und Mitglieder der Gesellschaft vorangehen. Sicher wäre dies ein Weg, die Gesellschaft zu einer harmonischeren Gemeinschaft zusammenzuführen.

An dieser Stelle sollte eine Auflistung folgen von all den Opfern, die misshandelt worden sind, ob von den eigenen Familienangehörigen, von Lehrern in Schulen oder Betreuern in Kindergärten. Aber auch von denen in Erziehungsheimen. Sei es von staatlichen, öffentlichen oder auch kirchlichen Einrichtungen dieser Art. Zu wenige Fälle dieser Art sind uns bekannt. Doch alleine die Aufzählung dieser »wenigen« würde den Rahmen dieses Buches sprengen. Somit habe ich darauf verzichtet, das Verständnis aller Leser vorausgesetzt.